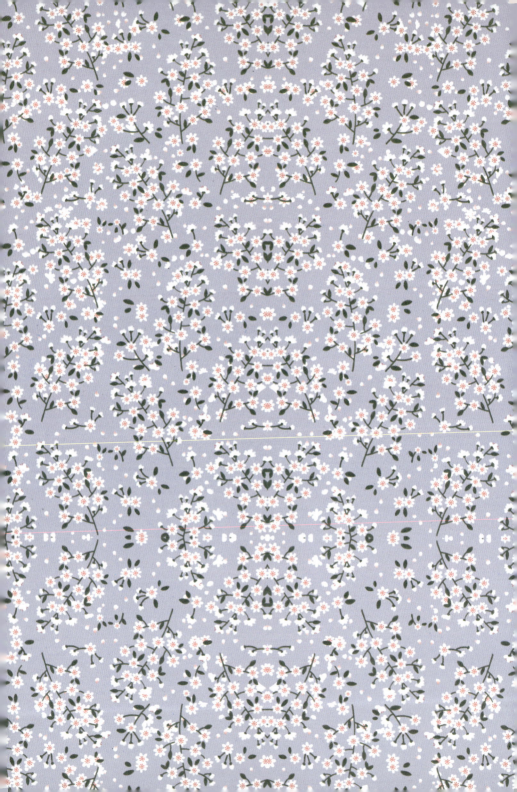

与君共乘风

小花阅读【梦中追风】系列01

九歌 著

贵州出版集团

贵州人民出版社

九歌 | 小 花 阅 读 签 约 作 者

慢热，严重拖延症，间歇性抽风症患者。
时而文艺小清新，时而重口味接地气。
放荡不羁爱撸发簪的汉服同袍、资深吃货。
深度中二热血少女，热衷于写打打杀杀的大场面，然而总被提醒"你
在写言情！"
伙伴昵称：九妹、999

个人作品：《彼时花胜雪》《请你守护我》《三千蔬菜入梦来》《与
君共乘风》

作者前言
ZUOZHEQIANYAN

　　磕磕碰碰，修修改改，终于写完了这个故事，仔细算一算，这还真的是目前为止耗时最长的一个故事。

　　而今回想起来，也不明白自己为什么会选择这样一个选题，大抵是被古风二字给遮蔽了眼，以至于接下来的几个月里备受摧残。嗯……对于一个从未尝试过写悬疑文，且不看任何悬疑小说、电影、电视剧乃至动漫的人来说，悬疑是真的很难写啊很难写……

　　最初的时候，我本是将陆九卿设定为主角，一个神秘客栈老板，女主则是个不谙世事的兔子精，故而名字取作阿茕，源自《古艳歌》："茕茕白兔，东走西顾。衣不如新，人不如故。"

　　整个故事也完全由这首诗所引发，结果拗不过我本人比较抽风，原本想得好好的剧情不用，突发奇想又开脑洞，回过头来才发现剧情被整得比比萨斜塔还歪，原本说好的男主陆九卿莫名其妙成了个配角也就算了，女主还直接从妖变成了人。如此一来，是真没法接着先前的设定好好写下去了，只能重新调整，于是便有了临时加进去的傲娇美貌男主白为霜，以及一千配角。

正因为我的临时起意，才会导致后面写得无比纠结，甚至写到后期开始自暴自弃，以至于原本写好的文直接被砍掉一大半，后半部分全部重写。然而这还不是最令人崩溃的，最令人崩溃的是，若若姐"微笑"着告诉我，以后每天的字数都要直接交给她本人过目……于是我便过上了每日一交稿的忐忑生活，这样的日子用凄凄惨惨戚戚来形容也不为过。毕竟，从前都是每周一交稿，即便纠结忐忑，慌的也只有周一那天，也是万万没想到，从此以后我会每日一慌，嗯……这，大概就是命吧。

写到这里，莫名觉得这是个怨念很深的前言，哈哈，其实我是真的真的很感谢若若姐。正如她所说，每篇稿子都是属于我们自己的财富，也不是什么样的作品都能出版，终究还是要对得住我们所拥有的资源。

也是真的很感谢这么忙的她能抽出时间来每日给我看稿，并且从未间断地鼓励我。那段时间，几乎每次交稿后她都会和我聊很多, 或是问我有没有被剧情给卡住, 或是与我交流当天所交内容, 我们俩的 QQ 就这样燃起了"友谊"的火花, 我还开玩笑似的和二组的"战友们"说, 也不知道这样聊下去会不会出现"友谊的巨轮"。

　　这样的日子差不多持续了一个月, 终于迎来了胜利的曙光, 一如若若姐当日所说, 这是用尽了四海八荒之力写完的稿子, 也希望大家都能喜欢这个曾被修改过无数次的稿子。

九歌

目录

楔子 001

第一章 / 香花赠美人 / 005

第二章 / 苍家嫡长女 / 034

第三章 / 久别又重逢 / 065

第四章 / 识破女儿身 / 096

第五章 / 城郊乞丐窝 / 124

第六章 / 深夜狗肉香 / 153

第七章 / 施以苦肉计 / 185

第八章 / 丐帮恶舵主 / 214

第九章 / 钦赐世子妃 / 242

番外一 / 阿菀有喜了 / 267

番外二 / 你是陆九卿 / 272

楔子

城西郊外乞儿窝一片血污气息。

一个异常好看的孩子静静坐在一堆脏兮兮的稚童间，格外醒目。

别的孩子或是在嘶声哭喊，或是在低声啜泣，唯独他面无表情，宛如白玉雕琢而成的神仙童子。很难想象，前不久还有数名满脸淫秽的乞者围着他道："这小东西生得可真好，老子打娘胎里出来还没见过这么俊的娃，怕是过不了几日就要被送走了，倒不如……在这娃走之前，咱们……嘿嘿嘿……"

"姐姐，你叫什么名字呀？"

突如其来的小奶音打断了他繁杂的思绪。

他下意识地循声望去，眼前现出一张娟秀的小小瓜子脸，大半笼在黑暗中，小半浸在皎白月色下，影影绰绰，叫人看不真切。

他有一瞬间的恍神，足足停顿两息，方才启唇："我不是姐姐。"

等来他的答复，那人明显有些雀跃，本就奶声奶气的声音听上去越显甜糯，她从善如流，连忙改了口问："那……哥哥，你叫什么名字呀？"

他之所以会开口说话，不过是有意地去纠正自己的性别。

那小奶音既不再说错，他也就没必要再去搭理。

许是今夜太过特别，他竟破天荒地又多说了一句话："我为何要告诉你？"

本以为对话会就此终结，那小奶音又糯糯地响起，听上去有那么几分懊恼："那好吧，不说便不说。"

尾音才落，她又想起什么似的，问道："那你怕死吗？"

乍听之下只觉这孩子问得忒奇怪，他侧目将周遭扫视一圈，目之所及处皆肮脏，即便这四处漏风的破房子里不曾点烛火，也能映着月光看到一地被剥去皮毛的四角走兽，以及因肢体扭曲残缺而抽搐，痛得放声痛哭的老人和孩子。

他默了默，半晌才道："不会死，顶多变残。"

"可是……"小孩目光透过窗，投向被月光照耀着的地方，那里摞着成堆成堆冰凉且残缺的躯体，甚至半个时辰前她还曾听过某些人的说话声，虽然他们只是在不停地哭喊，不停地说疼，可都曾是活生生存在过的呀！

于是，她的声音在某一瞬间变得极其悲怆："已经死了这么多。"

他终于在这一刻看清了小孩的脸，那张脸几乎可以用粉雕玉琢来形容，却因年纪太小而难分雌雄。

小孩看到他正盯着自己，立马扬起一抹笑，说："我叫阿茕。"

不过一瞬，他便收回了目光，再也不曾搭理阿茕。

夜色渐深，呻吟低啜之声逐渐散去，静到连屋外虫鸣声都清晰可闻，他却无一丝睡意，目光淡淡，眼睛眨也不眨地盯着窗外。

窗外一轮上弦月高挂无垠夜空，夜色越深，月光越是冰冷，他突然很想念那床云般柔软的冰丝被。

他的思绪尚在飘飞，窗外突然掠过一道黑影，转眼即逝，仿似一道幻影。

直至那道黑影悄无声息地逼近，他才抽回心神，定定道了三个字：
"陆掌柜。"

安安静静靠在墙上的阿茕突然睁开了眼，目光定定地望向逆着
月光的陆九卿："你们能带我一起走吗？"她两眼弯成了月牙儿，
声音甜糯，"我会很乖的，多谢啦。"

第一章

香 花 赠 美 人

一：这女孩生得可真美，就是胸口有些扁平，不知将来能否妥善发育。

今早阿茕又在赖床，她正蒙头呼呼大睡之际，屋外忽然传来阵阵雷鸣般的砸门声。

"砰！砰！砰！"

砸门声不绝于耳，这般动静，怕是一头猪都该被惊醒了，她却岿然不动，稳如磐石般蜷缩在被褥中，粉润的唇微微向上扬起，美梦做到酣畅之时，还会意犹未尽地咂巴咂巴嘴，甭提有多惬意。

屋外砸门之人大抵是真暴躁了，见接连砸了十来下阿茕都未有任何反应，索性直接爬窗而入。待到安然落地，他一个箭步直冲至床前，双手叉腰，气沉丹田，不多时，便有一把聒噪的公鸭嗓在阿茕脑颅炸开——"快起床！快起床！快起床！快起床……"

这等沙哑嘈杂，震得阿茕脑子嗡嗡作响，简直不亚于有五千只公鸭同时在耳边吵开，惊得她犹如被烙铁烫了背脊一般自床上弹起。

尚未睡醒的阿茕脑子犹自混沌着，茫然望向前方之际，眼前陡然冒出一张长着几颗零星麻子的脸，这麻子脸正是先前那公鸭嗓，见阿茕还不曾清醒，索性伸手去拽她身上的被褥。

眼见两只乌鸡爪子似的手就要袭到胸前，阿茕出手如风，连忙裹住被褥。

她下意识做出的动作使那公鸭嗓感到很是不屑，哼哼唧唧道："你我都是男儿身，还害什么臊？"

"正因为都是男儿身，才更不要给你看。"阿茕懒洋洋地打了个哈欠，两手将被褥抱得更紧，一派风流地调笑着，"小爷可是专给小姑娘看的，不给臭男人看。"顿了顿，又道，"更何况，小爷生得这般俊，谁知你能否把持得住，万一起了什么歹心可就不妙了。"

公鸭嗓与阿茕年纪相差不大，也就六七岁的模样，被阿茕这么一说，他的目光便下意识地落在了她脸上。

平心而论，阿茕倒是真生了副好皮囊，倘若世上存在美男坏子这一说法，毋庸置疑她会是其中的顶级存在。

尚未清醒透彻的她面颊绯红，眼神蒙眬，更遑论嘴角还挂着那么一丝倜傥的笑意，公鸭嗓没来由地看红了脸。

察觉到公鸭嗓的异常，阿茕笑意更甚，一双形如桃瓣的眸里波光潋滟："瞧你这样儿，莫不是被小爷的美色给迷花了眼？"

一语落下，公鸭嗓仿似火灼般地挪开了视线，暗啐一声"妖孽"，便骂骂咧咧甩门而去，只余阿茕一人躺在床上笑得捧腹打滚。

待到阿茕梳洗完毕，饭桌上已整整齐齐坐好五个男孩子。

阿茕从门框里露出个头来，朝众人吐吐舌，一迭声道："对不住，对不住，我又起晚了。"

阿茕这厮除却脸皮厚实了些，以及爱赖床了些，倒也没啥大毛病，再加上她人又生得俊，是以，大家都还勉强能忍受她那不算什么大毛病的毛病。

因此，即便她日日晚起，都无人开口去责怪，对这种事早已秉着习以为常的态度。

若是哪天她起早了，才真叫人感到奇怪呢。

阿芫一入座，坐上席的陆九卿便唤伙计上菜。

今日的早点格外丰富，几乎都是阿芫爱吃的。

她夹了一筷子凉菜塞入嘴里，才嚼一下便享受地眯起了眼，笑嘻嘻地仰头与陆九卿道："掌柜，今日是您亲自下厨的吧？味道可真是好极了呢。"

陆九卿无可奈何地摇摇头，失笑道："就你嘴甜。"

阿芫笑得越发可爱，一双明亮的眼都快弯成了月牙儿："才不是我嘴甜呢，分明就是掌柜您手艺好。"

话音刚落下，一旁的公鸭嗓立马就开始小声嘀咕："喊，千穿万穿马……马屁……呜呜呜……"后边的话都没机会说出口，便被阿芫强行塞了块糕点进嘴里。

"乖，多吃些东西，待会儿才有力气去拜师求学。"

瞅着公鸭嗓被阿芫塞了满嘴的糕点，脸红脖子粗的滑稽样，众人不禁哄堂大笑。

陆九卿无可奈何地摇摇头："你呀你，又欺负人。"声线一如既往的温润，非但不像责备，反倒带着几分宠溺的意味。

陆九卿乃是天水府大名鼎鼎的有凤来仪客栈掌柜，平日里就爱养养花、炒炒菜，偶尔收养几个孩子，阿茕与其余五个孩子都是他捡来的。

而今，阿茕已满七岁，其他孩子最小的也有八岁，都到了该上学的年纪。

陆九卿私交甚广，与那常居明月山之巅的当代名士景先生乃是故交，于是，阿茕才与那另外五个孩子有上明月山拜师求学的机会。

世人皆知明月山的景先生最是刁钻古怪，寻常人找他拜师求学，非得被磨掉一层皮不可，哪能如这六个孩子一般，吃饱喝足马车上一坐，欢天喜地地往明月山上赶。

陆九卿的马车乃是他亲手绘图特意找人定做的，即便一下装了六个孩子和一个成年男子也不显拥挤，车外看着朴实无华，车厢内却不胜奢华，连地上都铺了一层价值不菲的兽皮，更遑论那一看便知价值千金的黄花梨茶几。

阿茳眼皮子不浅，哪些是好东西哪些是次品，她全然分得清。

也不是不曾怀疑过，陆九卿不过区区一介客栈掌柜，何来这么多钱财置办这些好东西，终究还是她年纪太小，发觉自己想不通了，便不再去想。

马车行至明月山脚便停下了，一行六人只得拿着陆九卿写的推荐信往明月山上爬。

阿茳虽已无父无母，却也是个被娇养惯了的主儿，还没过半个时辰便已苦不堪言，边爬边在心中吐槽。

也不晓得这些所谓的名士弄这么多虚的东西作甚，非要把房子建在这般陡峭的山峰之上干什么，好似不折腾人就不配当名士。

待阿茳一行人爬上明月山之巅时，日头都要落山了。

遮天蔽日的杏花随风瞎晃，这明日山之巅除却杏花，竟再也找不到任何东西。

阿茳捶着两条走到发麻的腿，四处张望着，别说要找到景先生的住处，连半块瓦都看不到。

就在几人准备往回走的时候，杏花堆叠的远方忽然走出个矮墩墩的胖童子。

待到他走近了，阿茕才发觉，世上竟有人能生得与正月十五吃的糯米团子一般无二，他若是一直不说话，怕是都能被人误以为他是一颗糯米粉捏成的团子。

胖童子虽长得憨厚喜庆，说起话来却是相当正经，只见他在两米开外停下，拢着袖子朝阿茕等人作了个揖，一板一眼道："吾乃景先生座下童子，特来此地考查诸位。"

语罢，也不管众人是否弄清楚了他的来意，便开始细细打量六人，足足过了半盏茶的工夫，方才收回那刀子似的眼神，得出最终结论："还请这位小公子留下。"

作为胖童子口中的小公子，阿茕犹自一脸蒙逼。

先前叫她起床的那个公鸭嗓不乐意了，愤愤不平道："你怎就偏偏选中了他呀，他除却长得好看了些，简直一无是处啊！"

胖童子也是个耿直的娃，直言不讳道："我家先生嘱咐过，此番只需选长得好看的，不必考虑其他。"

阿茕这才悠悠抽回心神，不由自主地摸着自个儿的脸蛋，感觉甚是微妙。

总之，阿茕就这般莫名其妙地被留了下来，糊里糊涂成为景先生座下弟子。

当日她便被胖童子领进了景先生的住处——杏花天。

大抵是让杏花天这个名字显得更加名副其实，杏花天内杏花树扎堆，此外，再也见不到其他树木，放眼望去，除却粉白便是粉红，美则美矣，阿茕却觉得，看着未免太显娘气。

怀揣着这种心思的阿茕被胖童子带着东绕西绕，终于抵达胖童子口中所说的西苑。

一路走来的时候，胖童子便已说明，杏花天虽占地甚广，这块地的主人景先生却不爱建房，酷爱种杏花树，于是乎，导致近乎占了半个明月山山头的杏花天内只有十五间厢房可供学生居住。

阿茕莫名觉着有些烦闷，与陌生男子同住一个屋檐之下，整日朝夕相处，岂能不被人发现她的女儿身？

然而这样的顾虑还未在她脑子里飘荡多久，便被一帘帷幔给打消。

那是一帘苍青色的帷幔，密不透风地将整间厢房分割成两半，她那素未谋面的室友虽不曾这般说，却也明摆着，就是"私人领域不容侵犯，你我以此帷幔为线，谁也不要打搅谁"的意思。

都被人嫌弃得这般明显了，阿芺非但不难受，还乐得只差写块匾额高悬房梁之上，上书曰："妙！妙！妙！"

胖童子是个正经孩子，闹不明白为什么阿芺一会儿愁眉苦脸，一会儿喜笑颜开的，又与她交代了几句，便退了出去。

房内洗漱用具、被褥床单一应俱全，并无阿芺要另外添置的东西。

除却不能在房内沐浴，姑且还算满意。

胖童子却在临走时给阿芺补了一刀，告诉她，明月山上共有三口温泉，一口供景先生自己享用，一口供下人书童驱寒解乏，最后一口自然就是供学生们使用的，因此，除却这三口温泉，院中不再设汤池供人沐浴。当然，你若是想找刺激，跳进山涧里去洗也不是不可以，前提是得把命带回来。

于是，原本笑嘻嘻的阿芺顿时又忧郁了。

阿芺向来活泼好动，虽不喜与男孩子同住一间房，可真住一起了，却也不是个沉得住气的主儿，才把屋子收拾好，便无聊到想去撩帷幔后的神秘室友。

她好一番思索，方才开口道："那个……帘子后边的同窗，你叫什么名字呀？"

一语落下，停顿半晌，那边都没发出一丁点声音。

本着不抛弃不放弃的原则，阿茕又换了个问题："啊，不愿透露姓名也无甚关系，那你多大了呢？我该尊称你为仁兄还是贤弟？"

"……"那边还是没人说话。

阿茕由此开启自言自语模式："你是不是不习惯与陌生人说话呀，不爱说话也无大碍呀，安安静静也挺好，起码不聒噪、不烦人，我呀就是话太多了，遇上些喜静之人，总会遭嫌弃，咦……你大抵也是个喜静之人吧，那你该不会也嫌弃我吧？若是不喜，你便跟我说呀，我努力克制克制。"

"……"

帷幔那头仍是一片死寂。

阿茕悠悠叹了口气，心想："完了，隔壁住的是个锯嘴葫芦，以后可得无聊到死。"

阿茕才这般想，帷幔那头就传来了轻微的脚步声，接着只听"吱"

的一声响，掩在帷幔那边的房门猛地被人推开，又"砰"的一声关上。

阿茕托腮眨巴眨巴眼，凭着这番动静得出个结论，室友不喜话痨且脾气不小。

好了，这日子简直没法过了。

无聊到两眼发直的阿茕发了好一会儿的呆，方才想起，自己还不曾沐浴。

她本想着要熬到深夜再偷偷摸摸去沐浴，却不想困意来得如此之突兀，再瞧着而今也不早了，方才抱着换洗衣物和澡豆出门。

如她一般年纪的男孩子大都活泼好动，即便是沐浴也都三五成群吵吵嚷嚷，阿茕抱着个小包袱鬼鬼祟祟往杏花深处钻，一路走去，听到不少嘈杂之音，越发能肯定，等她摸到浴室时，定然不会再有人。

约莫过了一盏茶的工夫，阿茕方才摸至那口名唤芷兰汀的温泉旁。

除却阿茕这个女扮男装的，杏花天中再无其他女子，为了更显风雅，这口温泉便这般大剌剌地淌在杏花林间，并非阿茕想象中那般匠气，甚是迂回曲折，宛若一片天然湖泊，甚至好几处地方都还有粉白杏花树作为阻隔，怕是在白日里都看不清全景。

阿荁甚是满意，越发放心了。

她特意吹灭了几盏悬在岸上的油灯，择了处隐秘之地下水。

起先略高的水温还让阿荁感到无法适应，两息之后，她终于叹出一口绵长的气，泉水漫过她胸口，一点一点熨帖她的肌理。

她慢慢放松紧绷着的身体，倾身靠着池壁，然后……摸到了一个滑溜溜的东西。

确切来说，那是一个又弹又滑、手感甚佳的不明物体。

阿荁略有些迟疑，又伸手去摸了摸，手感一如初碰时那般好。一时间好奇心大起的她，忍不住伸出另外一只手……

只是这只手还未伸出，她便感到身侧传来一阵水花，竟有样东西从水里猛地钻了出来！

今夜月朗星稀，纵然被她吹灭了几盏灯，她也能映着月光看清突然从水底伸出的是一只纤长白皙的手。

换作寻常女孩，怕是早就被吓跑了胆，她向来胆肥，纵然如此，也都不曾惊声喊叫，目光顺着那只手一寸一寸上移，滑过一马平川的胸脯、稚嫩而有力的肩颈……停留在一张埋在三千墨丝间的脸蛋上。

那个人此时正逆着光，以至于她将人家盯了老半天都没能看真切那人的脸。

一盏明灯陡然升起，电光石火间，她将那人的容貌尽收眼底。

全然看清一切的她下意识地倒吸一口凉气，该如何来这人的容貌呢？

这一眼，怕是用惊为天人都不足以形容。

惊艳之余，她又开始胡思乱想："这女孩生得可真美，就是胸口有些扁平，不知将来能否妥善发育。"

全然不曾去想，杏花天内除却她这女扮男装的，再无其他女子。

阿茕为人虽皮了些，却也非登徒子，强行打散脑中胡思乱想的她猛然想起，自己先前摸到的那手感极佳的不明物体，稍一回味，便能猜到自己定然是摸到了人家小美人某个肉最多、且难以言喻的部位……

她才准备出声道歉，就有一道白光自眼前闪过——那惊为天人的小美人竟不知从何处摸出了一把锃亮锃亮的宽背大刀！

阿茕喉头滚了滚，艰难地咽下一口唾沫："那个……不是，这位姐姐你……"

听到"姐姐"二字，那惊为天人的小美人眼睛眯了眯，身上的杀气越发浓厚，大有不砍死阿茕势不收手的气魄。

余下的话语还在阿茕喉咙里打着转儿，那宽背大刀便砍了下来。

阿茕身子一侧，险险躲过，眼见下一刀又要落下来，她再也按捺不住，手脚并用地往岸上爬，一个懒驴打滚便将衣服滚在了身上，一边喊着"杀人啦"，一边没命地往杏花林里跑。

那个晚上，阿茕愣是被那天仙似的小美人扛着刀追杀了整整半宿。

起初的时候，阿茕还会一把鼻涕一把泪地喊："我错了，我错了，我真的错了，求你别再追着我砍了！"

到了后边，她简直已经将生死抛之脑后，非但不哭着求饶了，还被追杀出一腔怒火，与那小美人挑衅："不就是被摸了下屁股，至于吗！"

听闻此话，小美人眼中杀气更甚，连步伐都加快了不少，自掘坟墓的阿茕又开始哭了，一边抹着眼泪鼻涕，一边拔足狂奔，然后……她跌入了一个满襟香风的温暖怀抱里。

二：他两眼呆滞，面色发青，嘴角粘着半根鸡羽，瞧见白为霜正举灯望着自己，咧开嘴角缓缓笑开，碎肉与鸡血就这般顺着牙缝淌了出来。

此时的阿茕还是个小豆丁，人矮体轻，即便这般突然地撞入那人怀里，那人依旧站得稳稳当当，晃都不曾晃一下。

也正因为阿茕人矮，故而待她一睁开眼，便看到这样一幅香艳的景。

那人的模样可真称得上衣冠不整形容放荡，衣袍大敞小露酥胸也就罢了，偏生还有那么几绺湿漉漉的青丝绕过脖颈，垂至牙白色胸膛上，发间水汽汇聚成珠，一路下滑，从锁骨流至肌理分明的胸膛，再顺着胸膛缓缓下滑，一路滑至肚脐……

阿茕两眼发直，一脸蒙逼，愣了许久方才抽回心神，再下意识将头猛地一抬，这一眼却是恰恰好撞入一双桃花潭水般幽深潋滟的眸子里。

又是长时间的沉默，这次阿茕近乎愣了两息。

并非被那人容貌所震慑，论美貌，自她记事来，也就被先前追着她砍的小美人惊艳过。

此番令她感到震惊的，并非其他，而是——

这人竟与陆掌柜生得有七分相似。

只不过陆掌柜眉眼更温润，他则张扬且多情。

阿茸忽觉头顶一暗，下一瞬周身便有暗香浮动，原本散在空气里的杏花香无端又浓烈了几分，扫着鼻尖而来。

阿茸压根闹不明白究竟发生了什么。

一枝犹自沾着露水的杏花便这般横在了她眼前。

"香花赠美人。"

蕴藏笑意的低沉嗓音适时响起，听得阿茸心中一悸。

她神色有几分紧张，正欲说话，一直被视作透明的小美人却面若寒霜，咬牙切齿地对那人道了三个字："景先生！"

阿茸又是一愣，此人竟是景先生？

在阿茸发愣的空当，那人已将杏花别在阿茸鬓角，笑眯眯地望向小美人："小霜霜这般咬牙切齿是为哪般呀？"

小美人一声冷哼，不说话，暗自磨牙。

阿茕倒被"小霜霜"这一黏糊的昵称给逗乐了，一时间没忍住笑意，抖了抖。

景先生目光一路下移，最终停在了小美人手中那把宽背大砍刀上，仍旧是笑眯眯的。

"有事与我回屋里说。"

屋外杏花烂漫，一枝开得格外盛的穿过窗格，一路延展至屋子里，兴许是夜间雾气太重，明明今日不曾下雨，那花枝上却携着一串饱满的露，沉甸甸坠在花蕊间，仿佛下一刻便会全然掉落。

"哈哈哈哈！"随着一阵毫不收敛的笑声响起，那花枝上的露纷纷坠了地，濡湿桌角一片。

那笑声仿佛不会停歇般，一阵才落下，又有一阵响起，隔了许久，方才又见景先生捂着笑酸了的肚皮与阿茕道："你当真摸了小霜霜屁股？"

阿茕一脸难为情地颔首："其实……我也就仔仔细细地摸了一把。"

终于有所消停的景先生又开始捧腹狂笑。

从头至尾都在冷眼旁观的小美人则捏紧了那把宽背大砍刀，大有憋不住了便冲上去砍人之意。

也不知是因那小美人的神色太过阴郁，还是这景先生终于笑够了，又隔了许久，他方才一本正经地总结："小美人摸了小霜霜屁股实为无意之举，更何况小霜霜你都扛着刀追了人家一晚上了，天大的仇都该抵消了，此事就此揭过。"停顿半晌，又补了句，"还有，你那刀，暂由我保管。"

于是，阿茕便与那面色阴沉的小美人一同回到了西苑。

再然后，阿茕又很是震惊地发觉，这一言不合便扛刀砍人的小美人竟是自己室友！

这等悲怆，这等无奈，愁得阿茕只想连夜卷铺盖走人，省得半夜惨死在床上都不知道。

阿茕内心很煎熬、很无助，在床上翻了半宿，终于下定了决心，"嗖"的一声爬起，慢慢地挪至帷幔前，再三犹豫，还是道了句："今日之事，是我……"

后边的话还在喉间打着转，帷幔那边便传来一个歇斯底里的"滚"字。

声/摄影

妈妈——图文
的爱——时光

十九万字亲子创作
珍藏少年心事的时光之旅

你好
旧时光上
下起流星雨

献小妹

阿茕一听，生生将后边的话压了下去，气呼呼地躺回床上。

此后无话，一夜噩梦。

阿茕睡得不好，翌日还得爬起上早课，整个人都有些晕乎。

也就是在这日，阿茕方才晓得那小美人的姓名。

"白为霜。"她一边默念此名，一边拿眼角余光去偷瞄，心想，这名字倒是与他相衬。

还真是又白又冷若冰霜。

这厢阿茕正发着呆，景先生便踱步走了过来，凑在阿茕身侧轻声问："你在想什么？"

不得不说，今日的景先生倒是穿得规矩，眼神也不似昨夜那般风流轻佻，乍一看过去，倒也似个风雅名士，奈何一抹不怀好意的笑充分暴露了他内心。

阿茕犹自蒙着呢，不禁脱口而出："我在想，他怎就生得这般好看？"

短暂的寂静后，本还装得一本正经的景先生率先捧腹大笑，在座弟子皆一愣，随即笑倒一片，其中一个名唤江景吾的弟子笑得最为癫狂，直拍案叫好："这位同窗，你很有勇气嘛！"

这江景吾不是别人，正是白为霜表兄，打娘胎出来就与白为霜在一起蹦跶的那种，又岂会不知道这白为霜生平有两恨：一恨别人夸他好看；二恨别人总盯着他看。偏生阿茕两样都占齐了。

阿茕避开白为霜杀气腾腾的目光，尴尬一笑："还好，还好。"

这下阿茕算是正儿八经与白为霜结下梁子了。

阿茕性情活泼，不论是在有凤来仪还是在杏花天，总能呼朋唤友三五成群。

相较之下，白为霜简直称得上孤僻，来来往往皆一人，极少的时候才会与那名唤江景吾的少年走在一起。

阿茕这人没别的，就是无聊。

反正梁子都已结得彻底，白为霜越是如此，她便越按捺不住想去逗弄他。

白为霜对阿茕的嫌弃溢于言表，打也打不得，揍也揍不了，最最关键的是他脸皮还没人家厚，如此一来，便只得躲。

偏生那阿茕格外热情，次次都是大老远瞧见他便扑了过去。

用江景吾的话来说便是："那陆阿茕怎么每次瞧见你，都跟饿犬瞧见了肉骨头似的。"

白为霜听罢，没来由地起了身鸡皮疙瘩，躲阿芫躲得越发勤了。

时光在一片鸡飞狗跳中不慌不忙地流逝，转眼已过六年。

六年后的阿芫已满十三岁，杏花天内恰好发生了一件古怪至极的事。

近段时间内杏花天中大量活鸡离奇死亡。

起先大伙还以为惹来了什么瘟疫，直至第二日又死了一批，方才发觉，这些鸡皆是被活活咬死的。

考虑到明月山上并无大型猛兽，头一个被怀疑的自是那偷鸡惯犯黄皮子，只是那黄皮子长得还没一只老母鸡大，根本不具备一夜间杀死数十只鸡的能力，又岂会搅出这般风雨？

为了保证桌上有鸡可食，景先生座下三十名弟子个个自告奋勇组团去值夜，只为揪出那杀鸡贼。

今夜恰好轮到阿芫与白为霜值夜。

白为霜自然无任何好脸色，阿芫依旧笑嘻嘻的，嘴里叼着根狗尾巴草，双手枕着脑袋，优哉游哉地跟在白为霜身后走。

已满十三的阿芫身量颇高，亭亭立在那里，仿似一株春后破笋而出的纤嫩翠竹，一袭扎眼的红衣裹在身上，分明就是个鲜衣怒马的俊美少年郎，甭提有多风骚。

白为霜而今也满十五，较之六年前，越发傲骨凛冽，容貌自然更甚从前，若有个不知情的孩子从他身边经过，怕是得惊得喊上一声神仙姐姐，明明比他身后那阿苽更似女扮男装，却无半点脂粉气，也不知再过几年又会长成何等的模样。

二人虽同住一个屋檐下，却时常碰不到面，好不容易与白为霜独处的阿苽又岂会放过此等调戏人的绝佳机会。

才跟在白为霜身后走了不到半盏茶的工夫，阿苽便已按捺不住，"呸"的一声将那狗尾巴草吐出，加快脚步，噌噌噌地挪至白为霜身侧，觍着脸凑上去，笑嘻嘻道了句："这才半日不见，白兄似乎又变好看了几分呢。"

白为霜足下一顿，并未转身，只拿眼角余光去剜阿苽。

阿苽越发来劲，龇着一口白花花的牙，又要道什么，话都还在肚子里酝酿，远处忽而闪过一道黑影，竟是朝鸡圈所在的方向奔去。

阿苽都还未反应过来，白为霜却已追着那黑影跑远。

她愣了愣，亦紧随白为霜身后。

待到二人赶至鸡圈，已过半炷香时间。

那黑影早已消失，薄云不知何时遮蔽了皓月，忽有阴风擦地而起，吹得白为霜手中的烛光明灭。

鸡圈中一片血污气息，还伴随着几声凄厉鸡鸣声，映着微弱的烛光望去，本就污秽的鸡圈中一片狼藉，尚未死透的鸡苟延残喘地抽搐，抖落一地鸡毛，本就膻臭难闻的鸡圈混杂着血腥之气，那股子复杂至极的味道几乎要掀翻阿茕与白为霜二人的头盖骨。

二人纷纷掩鼻，匆匆后退几十步，方才避开了这要人命的恶臭。

不曾想过鸡竟死得如此之快的二人同时陷入了沉思，先前闯入视线里的那道黑影亦在脑子里盘桓，挥之不去。

与白为霜一样，阿茕也怀疑先前那道黑影便是杀鸡贼，却是闹不明白，那黑影分明就是个人，有鸡也不偷，偏生要将它们全杀了作甚？

阿茕是个不折不扣的行动派，有了疑惑便会想办法去解决。

不待白为霜发话，她便要抽出那盏被白为霜捧在手心的灯。

白为霜掀起眼帘瞥她一眼，不动声色地躲开她伸来的那只手，掩住口鼻，率先举灯踏入鸡圈里。

他在鸡圈中四处走动察看，时不时用那不染尘埃的白靴踢一踢软瘫在地的鸡，越看眉头皱得越紧。

阿苨也不曾闲着，她随手拎起一只犹在抽搐的老母鸡，跑至白为霜身后道："你等等，灯借我用下。"

白为霜随即转身，一片暖黄色光当头洒落。

细细打量手中老母鸡的阿苨面上露出了然之色："果然又都是被咬死的。"

前方仿佛有团迷雾遮住了眼，她越发不明白，倘若那黑影真是杀鸡凶手，为何要一口气杀死这么多鸡，杀了这么多鸡于那人又有何好处？

阿苨犹自低头思索着，脑颅忽而传来个清冷的声音："这些鸡都乃断颈而死，地上却未流太多血。"

白为霜一言，恍如醍醐灌顶，杀鸡的场面阿苨不是没见过。

狠狠往那鸡脖子割上一刀，流出的血几乎可接上满满一大碗。

眼前这些鸡分明都是断颈而亡，地上却无太多血迹，简直就像有人蓄意来杀鸡接血。

思及此，阿苨越发觉得奇怪，也不知那人偷这么多鸡血有何意图。

　　阿茕这人最是喜欢胡思乱想，又想趁此机会逗弄白为霜的她眼珠子一转，便开始胡说八道："你说我们先前看到的黑影会不会是成了精的黄皮子？"

　　白为霜又掀起眼帘瞥她一眼，她犹如受到鼓励一般，越发眉飞色舞："依我看呀，这事八成就是那道黑影干的，正因他是黄皮子精才会要吸鸡血来修炼，指不定他往后吸腻了鸡血，就改吸人血了。"

　　白为霜悠悠收回视线，懒得搭理阿茕，举着灯直往鸡圈外走。

　　"今夜到此为止，先回去找景先生。"

　　阿茕不死心，又跟在后边补了句："我是说真的，指不定，他如今正躲在某处偷偷瞧着咱们呢。"

　　随着她话音的落下，四周又起了一阵凉风，吹走了遮住皓月的薄云，她身上不禁起了一身细密的鸡皮疙瘩。

　　她搓搓手臂自言自语："这风倒有些邪乎。"

　　眼见她下一步就要跨出鸡圈，腿却撞上个硬邦邦的东西。她下意识地低头一看，一颗沾着猩红血迹的漆黑头颅不期然地跃入她眼里！

　　她瞳孔一缩，连忙加快速度往鸡圈外跨，才迈出右腿，先前与那头颅相撞的左腿却是怎么也迈不动!

察觉到身后异常的白为霜忽然猛地一转身,就听到阿芫爆发出一声惊叫。

此时月光通透,月色薄凉,整个世界都被染作苍青色的色调。

白为霜这一眼看得格外清晰,一个蓬头青面的男子仿似蠕虫般攀着阿芫手臂从鸡圈里边爬起。

他两眼呆滞,面色发青,嘴角粘着半根鸡羽,瞧见白为霜正举灯望着自己,咧开嘴角缓缓笑开,碎肉与鸡血就这般顺着牙缝淌了出来。

"滴答……"

"滴答……"

清晰而恐怖的声响在寂静的夜里被无限放大,一下又一下。

当滴水声响至第三下时,被吓蒙了的阿芫方才反应过来,一个猛力甩开那攀在自己身上的男子,以生平最快的速度跑至白为霜身边,二话不说便拽着他跑。

"那人有古怪,快跑!"

阿芫向来胆子肥,先前之所以被吓得惊叫出声,并非那人攀在她身上，而是，她亲眼看到那人低头缩在围栏旁撕咬活鸡。

她话音才落下不久，那被甩至身后的男子便歪着脖子，一路怪笑着跟在他们身后追赶。

要成为一代名士，光会文的还不行，作为景先生的弟子骑射乃必修课。只论文的，阿茕在所有弟子中乃是当之无愧的魁首；论武的，她一介女流再如何发奋都仍是抵不上寻常男子的十之七八，是常年吊车尾的存在。正因如此，她才一年更比一年皮，好叫人莫发觉她其实比寻常人都要来得娘气。

阿茕这弱鸡才跑了千把米便已气喘吁吁，她大口大口喘着气，满脸惊慌地四处张望着。

鸡圈所处之地本就是整个杏花天中最偏僻之处，除却粗使杂役，平日里没人会来这里，再加上此时又是黑夜，阿茕一时心急便拽着白为霜跑上了一条从未走过的路。

阿茕与白为霜才停顿片刻，那姿势扭曲的男子便已追了上来，手中还多了根沾着血迹的尖细铁锥。

阿茕心都快提到了嗓子眼，掐了白为霜一把，道："我似乎迷路了……眼前这条路也不知走不走得通。"

白为霜不曾作答，一言不发地拽着阿茕继续往前奔。

怪异男子捏着铁锥紧随身后，边跑边发出诡异至极的笑声，直听得人头皮发麻。

阿茕早已跑得脱力，几乎整个人都挂在了白为霜身上。

而今的她根本就不知自己要被白为霜带去何方，只知又晕头转向地被白为霜带着跑上一段时间后，那厮便突然停了下来。

也就是在这时候，她方才知晓，自己竟被那厮带上了绝路！

前方根本就是条沟壑，往下一滚，即便摔不死也能整个半残。

阿茕几乎就要破口大骂，白为霜却未给她这个机会，又拽着她沿着山崖跑了一阵。

将他们逼入绝路的男子面上依旧挂着丝诡异至极的笑，也不再往前走，就这般立在原处，仍由他们二人折腾。

阿茕再也没法忍，一把甩开白为霜的手，要死不活地喘着气道："你这是怎么带路的？"

白为霜不想与她在这种问题上纠结，更何况，路本就不是他带的，那男子分明有意将他们往此处赶，他仍板着一张讨债脸，四处观望着。

阿茕忙着喘气，无暇再搭理他。

白为霜却在这个时候开口说了句话，他道："待会儿记得与我抱紧一些。"

阿茕甚至都未能反应过来，便被白为霜拽了起来。

"喂……你……"

余下的话尚未来得及说，阿茕就被白为霜抱着一同滚下了山坡。

也就是在这时候，她方才明白，白为霜先前为何要盯着山坡看这么久，诚然是在找坡度最缓之处，然而，这又有何用？

千言万语只汇成一句话——

"你活腻了，要死也别拉我垫背啊！"

第二章

苍 家 嫡 长 女

一：阿琼，你若是男儿身该有多好。

阿茕不晓得自己究竟与白为霜抱在一起滚了多久，只知道她与白为霜一同落地的时候，白为霜像个没事人似的即刻爬了起来，反观她自己，全身酸痛手脚无力不说，腹部还疼得像是被人插了一把刀在里边不停地搅着。

被这突如其来的剧痛所吓倒的她，第一反应便是滚落途中有什么东西插入了她腹部，连忙伸手去摸自己腹部，却是一连摸了好几十回合都没摸出个所以然来。

然后，她越发迷茫了，不知自己腹部的钝痛因何而起。

阿芫兀自低头沉思着，身后忽而有火光一闪，原来是白为霜擦亮了火折子。

阿芫这人没别的优点，最大的优点怕就是从不钻牛角尖为难自己，既想不明白自己究竟是怎的了，索性收敛心思从地上爬起，屁颠屁颠地跑去找正捡柴引火的白为霜。

她肚子虽仍旧疼，却不似前一阵那般厉害，已然减缓不少，便自告奋勇去捡柴火。

她才转过身，就听白为霜用那毫无波澜的声音道："你可是受伤了？"

阿芫一愣，忙回过头道："我也觉着我受伤了，偏生又不知自己究竟伤到了哪儿，大抵是滚下来的时候受了些内伤吧，可你又是如何瞧出来的？"

白为霜不答，只用一种看白痴似的眼神望着她。

阿芫仍是一脸茫然，白为霜受不了她这副蠢样，终于忍无可忍，道："你脱了衣服自己看。"

换作平常，阿苿自是不会放过这等好机会，趁机顺杆儿去调戏白为霜。

今日的她格外听话，白为霜话音才落，她便将外衫脱了下来，却见自己衣摆上一片殷红。

她又下意识往自己屁股上一摸，不出所料地摸了一手的血，而后，整个人都惊呆了。

"怪不得我会肚子疼……"她越说神色越恍惚，"流了这么多血，这可怎么办呀，我该不会是得了什么不治之症吧……"越想越觉悲情，"明明我还这么年轻……都还没嫁……娶老婆。"

她又喃喃将娶老婆默念几遍，突然间眼睛一亮，两眼发直地望向白为霜："我想，我大抵是个傻的。"

阿苿向来疯癫，白为霜早就习以为常，一直沉默不语的他只用眼神回复她：算你有自知之明。

阿苿并非不知葵水为何物，只是这货造访得太过突然，以至于让她措手不及。

已然弄清楚自己究竟"伤"在何处的阿苿顿时变了脸，比先前以为自己得了不治之症还要来得慌张。

不为别的，只因她知道，女子若是来了葵水，日后必将经历一番怎样的变化，她本是女儿身的秘密必然也藏不了多久。

白为霜本就不欲与阿芫有过多交谈，见她又愣住不说话，反倒乐得清闲，从火堆中挑出根烧得正旺的柴枝，又开始漫无目的地四处打量着。

阿芫犹自沉浸在来葵水的悲痛中。

所幸她这人有一点好，就是不喜欢在一件暂时无法解决之事上死磕，不过须臾，便已做好水来土掩兵来将挡的准备。

待到她全然调整好心态，白为霜已然举着火把步伐沉重地走了回来。

阿芫悠悠抬起头，却冷不丁瞧见白为霜左手上托着颗狰狞的骷髅头，纵然胆大如她，也被这突如其来的一幕给吓个半死，于是，某个难以言喻的部位越发血流成灾。

尚未缓过神来的阿芫才欲开口，白为霜又以他那毫无起伏的声音道："是人骨。"

这等从容，这等淡定，不知道的还以为他在说"是猪骨，拿去煲汤也不成问题"。

不是阿茕以小人之心度君子之腹，而是这厮表现得过于不正常！

阿茕这厢正腹诽着，白为霜那厮又发话了，却无半分揶揄之意，正经到让阿茕这个胡思乱想的都不禁开始沉思，自己是否太过狭隘了，只听他颇有几分严肃地道："那边还有很多。"

什么很多？

毋庸置疑，自然是白骨很多了，阿茕一听便觉头皮发麻，浑身汗毛都要竖起了，奈何还是抑制不住地朝白为霜所指的方向望过去。

像是特意让阿茕看清楚一般，白为霜抛下那颗头骨，又从火堆中捡起一根柴火，径直走向他先前所指的方向。

有了火光的映照，阿茕这一眼看得无比真切，不足十米的空地外密密麻麻铺满了尸骨，有的早已风化成骨，有的尚在腐烂中，一具一具排列整齐，犹如在向邪神做生祭。

所幸楚地近几个月来都未降雨，天气也算得上干燥，否则阿茕简直不敢想，自己与白为霜将会掉入一个何等可怖的修罗场。

呈现在眼前的景象太过骇人，阿茕全身血液瞬间凉了下来，她又朝火堆凑近了几分，方才找回几分暖意。

这一夜无人再说话，两人背靠背坐在了火堆旁。

阿茕的肚子痛起来一阵一阵的，时而像有人拿着刀子在里边搅，时而缓下来，只隐隐有些闷痛，这般乐此不疲地交替着，十分折磨人。

山间夜里极寒，阿茕本就经过一番生死角逐，而今又来葵水，简直痛不欲生，脑袋昏昏的，只想睡觉。

顾及阿茕此时正挂着伤，白为霜难得体贴了一回，道："你先睡，我值夜。"

阿茕倒也想睡，奈何今夜惊吓太多，生怕一闭上眼，又会冒出个什么奇奇怪怪的玩意儿。

她忙不迭地摇头，如实道："我不敢睡。"见白为霜不说话，又接着问了句，"你怕不怕？"

换作平常，白为霜自然懒得搭理她，今夜太过不寻常，白为霜破天荒地与她聊了起来，他不答反问："怕什么？"

"当然是，怕死呀。"

阿茕一语罢，二人皆恍惚，时光仿佛一下子回到了八年前。

八年前被苍家主母卖给人牙子的阿芫与白为霜相遇，方才被陆九卿救出，从而脱离魔爪。

而今再回想从前之事，阿芫只觉不可思议，明明就知道当年那好看到不可思议的哥哥正是白为霜，却仍是道了句："八年前，城郊乞儿窝那个哥哥是你吧？"

不待白为霜作答，阿芫便笑了："咱们可真是有缘。"

白为霜眼帘低垂，亦勾了勾嘴角："孽缘。"

"孽缘"这个词不知又戳到了阿芫哪根不得了的神经，惹得她直笑，笑着笑着又直捂肚子："哎哟，笑得我肚子更疼了。"

白为霜这才想起阿芫身上的伤，由于那伤看起来格外不寻常，他便忍不住问了句："你那伤究竟是怎么回事？"

阿芫语焉不详地打着哈哈："哈哈……大概是报应，报应，从前我摸了你屁股，今日我屁股便血流成灾。"

不愿回想起往事的白为霜一声冷哼："不准再提那事。"

"哦。"困意突然涌了上来，阿芫声音软绵绵的，"我困了。"

夜里的山谷静得可怕，连风声也无，只余火堆里时不时传来的"噼啪"声。

阿茕呼吸逐渐平缓绵长，沉入酣睡中。

白为霜仍是心事重重，今夜之事太过不寻常，怕也只有阿茕这没心没肺的才睡得着。

眼看夜色越来越深，原本平静的山坡上忽而传来阵阵不小的动静。

闭目假寐的白为霜缓缓睁开了眼，却见那逆着月光的山坡上慢慢坠下一道人影，那人是捆着麻绳一点一点地往山谷里爬的，虽看不清晰，也能依稀辨别出那是个男人。

白为霜眉头紧锁，不动声色地自火堆中抽出一根燃烧着的柴火。

眼看那男子就要解开绳索跃下来，却有一支羽箭划破夜色破空而来，不偏不倚正中那人后颈。

一箭穿喉，那人挂在绳索上直抽搐，不过两息，再无任何动静。

……

阿茕再醒来已是翌日午时，才睁开眼便发觉自己躺在了一张完全陌生的床上。

仍有些头昏眼花的她揉了揉眼睛，再睁开眼，视线里又多出了一张俊美多情的脸，她"咦"了一声，又闭上眼，将先前的动作再重复一遍，再一次睁开，那脸的主人正笑眯眯地望着她。

阿茕没来由地起了一身鸡皮疙瘩，忙喊了声："景先生早。"想了想，又接着问，"我怎会在您这里？"

景先生表情不变，动作轻缓地将阿茕扶起，塞了个软枕在她腰后，做完这些又顺手递给她一碗当归蛋，方才慢条斯理道："现在已经不早了。"稍作停顿，嘴角的笑意更甚，"至于你怎么会在这里，得去问小霜霜才对。"

听到这话，阿茕没来由地感到几分紧张，面上却一派平静，只"哦"了一声，便低头舀汤以掩饰自己的不安。

景先生仍是盯着阿茕笑，阿茕越发觉着紧张，嘴里塞着当归蛋，含混不清道："景先生，您这般盯着我作甚？"

景先生不答反问："你说呢？"

这是来兴师问罪了？

阿茕心中紧绷着的那根弦"噌"的一声绷断，却仍是一脸纯良地摇摇头："弟子不知。"

兴许是懒得再与阿茕卖关子了，景先生幽幽叹了口气，直接开门见山与她道："你为何要女扮男装？嗯？"

一瞬间阿茕心跳如雷，"噗"的一声将口中之物喷出，呛得眼泪水都要流出来了，整张脸憋得通红，拍着胸口不停地咳嗽："咳……咳咳咳，您……您都知道了？"

景先生笑而不语，只轻轻拍打着她的背，替她顺着气。

待到缓过这口气，阿茕方才硬着头皮解释："其实……我最初也没想过要扮男装……"

初时阿茕的的确确没想过要女扮男装来欺骗陆九卿，她也不曾这样想过，可陆九卿竟从头至尾都将她当作了男孩。待她意识到这个问题时，已是半年后，彼时的她不过是个未满六岁的稚童，害怕因为自己是女童而再一次遭人抛弃，才会有意去隐瞒。

说到此处，她又惴惴不安地抬头望了景先生一眼："我只是想，既然已被认作男孩，即便我再去澄清，怕也只会被视作给自己找借口开脱，倒不如将错就错，真把自己活成一个男孩。"

正如娘亲时常挂在嘴边的一句话——"阿琼，你若是男儿身该有多好。"

是呀，她若是男儿身，娘亲又岂会遭奸人暗算？又岂会失去苍家主母之位？又岂会死于非命？

一切过错都归咎于她身为女儿身！

　　她也曾怨过，也曾恨过，到头来竟不知究竟该怨谁，又该去恨谁。

　　说到此处，她神色中已无哀愁，流露于面上的软弱也渐渐由坚毅所取代，她道："景先生可愿听我说个故事？"

　　景先生并未做出回应，她的声音便已缓缓流淌出："我本是梅城苍家嫡长女……"

　　梅城县距离天水府不过几十里地，即便是天水府也都人人皆知苍家乃是梅城县首富。

　　二十年前阿茔他爹，也就是苍家大少爷不听族人劝阻，非要娶那勾栏里的清倌人名角儿做正房，一路敲敲打打将人娶回了家，倒也传成了一段佳话。

　　又有谁知，那貌美如花的名角儿竟是只不会下蛋的母鸡，嫁到苍家足足五年，肚皮都无任何动静。

　　苍家公子向来风流成性，起先也是真的将那名角儿视作心尖尖上的人来呵护。可他苍家大少爷什么样的人没见过？从前的山盟海誓转眼成空，那名角儿再美也不过沧海里的一滴水，更遑论还是让他犯了无后之大过的祸水。

　　名角儿过门不足两年，后院里便添了一房又一房的小妾。

只听新人笑哪闻旧人哭，后院里新人越多，名角儿越遭冷落。直至后来，那名角儿诞下长女苍琼，算是彻底失了宠。

苍琼正是阿荦本名。

身为苍家嫡长女的她本该集万千宠爱于一身，只因有个出身低贱的娘亲受尽白眼。

她的娘亲，空有一副美丽皮囊，却从不懂该如何利用，成日做得最多的，便是抚着她脸颊，一遍又一遍地道："阿琼，你若是男儿身该有多好。阿琼，你为何偏偏是个姑娘家……"

彼时的阿荦尚且年幼，听不懂那些话中所蕴含的东西，只记住了那句话"阿琼，你若是男儿身该有多好"。

……

五岁那年，她那空守苍家主母之位却无实权的娘亲一夜间病倒，非但没能得到苍家善待，反倒被泼了一身污水，含恨离世。

新主母火速上位，做的头一遭事便是斩草除根，对阿荦下手。

年仅五岁的阿荦就这般沦落乞儿窝，若不是被陆九卿相救，恐怕她已没机会躺在这里说话。

故事说完，阿茕眼睛里又重新燃起一团火焰："阿茕此生不再求别的，只求能替我那惨死的母亲报仇。"

景先生沉默片刻，方才沉吟道："所以……你扮作男儿身，究竟想做什么？"

"考取功名。"阿茕一字一顿，"以完全凌驾于苍家之上的身份，制裁那些大恶之人！"

阿茕盯着景先生望了许久，都不曾等来答复，又过了好一会儿，景先生方才弯了弯嘴角："喝完，记得去上课。"

阿茕本还有一肚子话要与他说，他却径直走了出去，关门声响起，打断她即将要说出口的话。

她嘴唇微微颤了颤，那些呼之欲出的话语被咽回了肚子里，长舒一口气，将整碗当归蛋灌入自己肚子里，不论将来如何，总得先把肚子填饱不是？

那日下午阿茕并未在课堂上遇到白为霜，本就有些心神不宁的她越发无心去听课，好在景先生不曾为难她，她便以手支颐，发了整整一个下午的呆。

临近傍晚，阿茕方才在饭堂里遇见白为霜。

今日的她孤身一人，不曾与人结伴，看上去显得格外孤寂，走在人群里，越发打眼。

故而江景吾那厮隔着大老远便瞅见了阿茕，笑嘻嘻地与白为霜打趣道："那个陆阿茕又来了，你还不赶紧跑？"

白为霜仍是板着张讨债脸，并未搭理江景吾，而是径直走向阿茕所在的方向。

江景吾那幸灾乐祸的笑瞬间凝固，一脸不可思议地摸着后脑勺自言自语："奇了怪了，昨夜究竟发生了什么？"

阿茕心不在焉地扒着饭，桌前忽然多出个木质托盘，上面整齐摆放着三菜一汤，放眼整个杏花天，怕也只有白为霜会如此一丝不苟。

阿茕心中了然，猛地一抬头，白为霜那厮果然正面无表情地望着她。

白为霜此人说话向来不拐弯抹角，开门见山道："昨夜，那个古怪的男子又来了。"

阿茕才从碗里夹起的一块肉，"啪嗒"一声掉回了碗里。

白为霜目不斜视，又接着道："再后来他被人杀了，一箭穿喉。"

阿茕越发没了食欲，沉思片刻，方才问道："杀那男子之人是谁？还有，我怎会睡在景先生床上？"

白为霜摇摇头："杀那男子之人并未出现，昨夜他死后，我便一直守至天明，待到天完全亮了，方才敢动身，却在半路偶遇陆掌柜，是陆掌柜将你带回了杏花天。"

二：即便换上了女装又如何？可有人能认出她本就该是女儿身？

阿茕脸色忽红忽白。

事到如今，她都不知究竟有几人识破了她的身份。

故而甫一见到白为霜难免有些别扭，她沉默许久，方才抛开那异样的情绪，道："昨夜之事你可与景先生说了？"

白为霜目光定定地望向阿茕："我之所以来找你，正是为此事。"

白为霜便这般将江景吾抛之脑后，一言不发地与阿茕共进晚膳。

又过了一炷香的工夫，二人方才起身一同前往景先生住处。

躲在不远处偷偷观望着的江景吾不禁啧啧称奇："奇了怪了，莫不是太阳打西边出来了？"

阿茕与白为霜找到景先生时，他恰在泡澡。

那胖童子一脸正气凛然地蹲在外边守着，听闻阿茕与白为霜有要事要与景先生相谈，气沉丹田，朝温泉内狂吼一声。

满树杏花乱颤，残花飘落成雨，脚蹬木屐的景先生便这般穿花而来。

他仍是那副衣冠不整的放荡模样，青丝缠绕脖颈，袒露大片胸襟，甚至有意无意地朝阿茕抛去一个媚眼。

阿茕不甚自然地别开脸，面颊已绯红一片。

景先生这厮却是恶习不改，明知阿茕乃是女儿身，还要将自个束发的花枝拔出，插在阿茕鬓角。

白为霜本就不大好看的脸色越发黑了，十分简单粗暴地打断景先生接下来要说的话，用毫无波澜的声音将昨夜之事陈述一遍。

好不容易将那一大段话说完，景先生却掏了掏耳朵，道："小霜霜这是背的哪篇文章？好不容易下学了，还得听你背书，也是怪没劲的。"

若白为霜此时带了刀，怕是早就一刀削掉景先生脑袋了，然而，正因他此时没带刀，方才捏紧了拳头，额角青筋暴起。

阿茕见白为霜就要爆发，心道不好，连忙挡在他身前，生动形象地将昨夜之事又复述一遍。

景先生这才满意地点了点头，嘱咐胖童子多率领几个人守好西苑。

次日恰是休沐日，用过早膳后，阿茕便与白为霜一同领着景先生去寻找那个祭台般的山谷。

景先生随意披了件褙子，哈欠连连地与阿茕二人在山上乱逛。

那时候夜太黑，二人又都是一路被那男子追着跑，不曾记下确切路线的他们却是怎么也找不到那个山谷，仿佛人间蒸发了一般。

一行人折腾了整个上午都无任何收获，阿茕只觉匪夷所思，越想越觉得诡异，一道寒气从尾椎骨直蹿上脑颅，她不禁打了个冷战，下意识地朝白为霜看了一眼。

相比阿茕，白为霜倒是显得镇定不少，不过他向来脸黑，任凭阿茕如何努力去端详，也都看不出个所以然来，只见他眼睫微垂，颇有些神色不明地道了句："接下来便不再劳烦景先生了，学生自当与父王禀明此事。"

白为霜这厮是个不折不扣的行动派，说要禀告自家父王，便真策马回了楚国公府。

景先生收徒不看出身，杏花天内三十名弟子有阿苠这样的草根，亦有白为霜这样正儿八经的贵胄子弟，说到底，还是阿苠这样的孩子占多数，故而白为霜、江景吾这般显贵出身的子弟便难以融入大团体中。

白为霜一走，阿苠也没继续与景先生待下去的意思，连忙告退，回到自个儿住所。

这么一番折腾下来，不论是阿苠还是白为霜都有些吃不消，更遑论阿苠昨夜几乎一夜未眠，甫一回房，便染上了几分倦意，索性宽衣解带，躺回床上再睡个回笼觉。

她这算盘倒是打得好，奈何天不遂人愿，才躺下不久，屋外又传来阵阵叩门声。

听这动静并不似白为霜回来了，已然睡得整个人都软绵了的阿苠只得从床上爬起，慢条斯理地穿好鞋去开门。

此时正值晌午，屋外日头正盛，门一打开，阳光便与清风一同涌来，轻轻拂过阿茑眼角眉梢，让本就困得睁不开眼的她，越发迷迷糊糊。

待她完全睁开眼，看清所来之人时，整个人都不好了，像是被人迎头泼了一盆凉水，从头凉到脚趾间。

门外所站之人是陆九卿，他今日穿了一袭绣了金色暗纹的玄衣，较之平常，多出几分肃杀之气，没来由地看得阿茑心头一悚。

陆九卿与景先生有着七分相像，不仔细去分辨，很容易将二人弄混，阿茑却是一眼便认出了他是陆掌柜。

陆九卿平日里虽看着温和无害，阿茑却始终对他有所忌惮。

在她看来，陆九卿就好似一柄藏在剑鞘里的嗜血利刃，只是表面温润，一旦出鞘，便要见血。

她有着一瞬间的慌神，过了足足两息方才反应过来，堆出一脸天真烂漫的笑："掌柜，您怎么来啦？"

陆九卿并未回答，神色颇有几分严肃，开门见山道："你的事，阿景已与我传书说明。"

那个阿景自然就是景先生，阿茑只知陆九卿与景先生交好，却从不知他们之间究竟是怎样的关系，只能凭借他们七分相似的容貌来判断，他们兴许是亲兄弟。

陆九卿话音才落，阿茕越发慌，心中"咯噔"一下，只想着，要完了，掌柜怕是一路杀来兴师问罪了。

她不想对当年之事做过多的解释，亦无从解释，正踌躇着，陆九卿却忽而一笑。

这一笑谈不上多美，落在阿茕眼里，犹胜千树万树梨花开，悬在心头的巨石"啪嗒"一声落了地。

陆九卿既还能对她笑，也正说明，事情还未坏到无法挽回的地步。

果不其然，陆九卿下一刻便道："莫慌，我今日不是来问你罪的，亦不会过多干预你的事，我之所以会来找你，不过是因为昨夜之事。"

"昨夜之事？"阿茕心中默念一番，仍未完全松懈下来，目不转睛地盯着陆九卿，静待下文。

陆九卿却并无再说下去之意，阿茕只得主动开口问道："还请掌柜与阿茕详说。"

陆九卿轻轻叹了口气："你还只是个孩子，昨夜所发生之事非你所能插手，倒不如将它当作一场梦，你既醒了，梦自然就得忘。"

阿茕虽不懂，但仍乖顺点头，越发肯定事情定然比想象中还要复杂千百倍。

她看着活络，实则性子薄凉得很，素来就不爱多管闲事，加之陆九卿又这般着重强调了一番，更不想与那事扯上半点干系。

陆九卿对阿茕的了解，不比阿茕对他的了解少，这孩子聪慧，向来都是一点就通。既然如此，他也用不着多话，微微颔了颔首，便欲转身离去。

阿茕却在这时开口喊住了他："掌柜，等等！"

说出这话时，她心脏跳得几乎就要冲出胸膛，纵然紧张，眼神反倒越发坚定："掌柜请进，阿茕还有话要与您说。"语罢，恭恭敬敬做了个"请"的姿势。

整个世界仿佛都静了下来，只余阿茕的心脏悬在胸腔里"怦怦"乱跳。

她不敢直视陆九卿的眼睛，低垂着头，静静等待他做出回应。

陆九卿的反应比阿茕想象的还要镇定，甚至还露出了一丝欣慰的笑，仿佛他今日所做一切只为等待这一刻。

他昂首前进一步，反手合上木门，径直踏入房里，才落座，便听阿茕说："阿茕明白掌柜绝非普通人。"

陆九卿面上笑意更甚，原本平静的眸子里多出几分玩味："所以呢？"

"阿茕愿为掌柜效命，以求庇护！"阿茕"砰"的一声跪在了地上，一连磕下三个响头，"阿茕别无所求，只愿有一日能替娘亲报仇！"

她又何尝不明白自己究竟有几斤几两，随着年纪的不断增大，她的女性特征只会越来越明显，而今的她连景先生与陆掌柜都瞒不过，将来又谈何扮成男人去考取功名！

更何况……从头到尾，她都不知陆九卿的底细，甚至连他当年将自己救回乃至送自己上明月山求学的目的究竟是何都不知。

她从来都不信陆九卿会是个简单的人物，倘若他真不是个简单的人物，又这般莫名其妙地被她骗了这么多年，结果会如何，她不敢揣测。

她这一步看似凶险，实则是最保险的招，而陆九卿接下来的表现，也正肯定了这一点。

陆九卿的脸上并无半分异色，神色泰然到仿佛早就料到阿茕会有此举动。

他不动声色地打量着伏跪在地的阿芫，隔了许久，方才道："你果然是这批孩子里最聪慧的一个。"

短短一句话，教阿芫本就沉重的心思又沉了几分，她低垂着脑袋，还在静候下文，就看到陆九卿从怀中掏出一只竹哨，放置她掌心："我能看到你的诚意，只是，而今的你尚不具备为我效命的能力，你的考验，才刚刚开始。"

陆九卿已离开足足半个时辰，阿芫仍有些神思恍惚。

纵然事已至此，她仍不能确定自己所做的究竟是对是错，太多谜团摆在她眼前，前方的道路全然被迷雾所遮蔽，只怕一个不慎，她便踏入深渊，坠入万劫不复之地。

她越想越觉头痛，脑子里有一根弦紧紧地绷着，完全不敢松懈。

她从来都不是个多愁善感之人，亦懂得该如何调适心情，揉着突突直跳的太阳穴，不停地暗示自己，说服那个胡思乱想的自己，将一切烦恼事抛诸脑后。

脑袋仍在隐隐作痛，她又轻轻揉了揉，缓缓掏出陆九卿送的那只竹哨，捏在手上细细打量一番，方才抵在唇上，试着吹了几声。

陆九卿并未与她解释这竹哨究竟有何用处，只能由她自己来探索。

竹哨才响三声，屋外忽地传来一阵躁动，像是有什么东西正扇翅飞来，她心念一动，便停了哨声，将窗推开。

清凉如水的杏花香霭时漫了过来，窗外是株开得正好的杏树，粉白杏花堆积似雪，密密匝匝遮蔽了视线，她先前所听到的扇翅声便正是从那杏树后传来。

停顿半晌的扇翅声又忽地响起，阿茕聚精会神，试图将自己的视线穿透那密不透风的粉白杏花。

只听"刺"一声巨响，竟有一只巴掌大小的黑色鸟儿穿透繁花，落至窗棂上，用一双琥珀色的眼睛直勾勾地盯着阿茕。

竟是一只夜鸦。

阿茕沉着脸与那夜鸦对视几瞬，没来由地笑出了声。

安逸的日子过久了，连一只夜鸦都让她如临大敌，真是可笑啊，而今的她甚至都比不上八年前的自己。

想着想着，她忽而垂下了眼睫，低头去抚摸那只夜鸦。

她早就该下决心了不是吗？

上天不会给她留退路，她亦不需要退路。

只要能报仇，能争夺回一口气，即便深陷泥潭，恶鬼缠身，她也在所不惜！

那日之后，杏花天再度恢复了平静，莫说阿茕，连白为霜都再未提过那夜之事，他们都讳莫如深地同时选择沉默，本就显异常的一件事又被笼上一层疑云。

那桩古怪的杀鸡案就此成了悬案，除却阿茕与白为霜这两个当事人，再也无人记起，仿佛那夜之事真是一场梦。

此外，值得一提的是，从前总爱斗嘴抬杠的二人倒都收敛了几分，阿茕不再在大庭广众下调戏白为霜，白为霜亦不再见了阿茕便躲，见着她，连神态都温和了几分，不再一天到晚板着张讨债脸。

那时候阿茕与白为霜都以为，他们将这般平安无事地长大，然后各奔东西。

到头来，倒真是应了那句话，人算不如天算，算了也白算。

又有谁能料到，临至阿茕离开杏花天的前一夜还会发生这样一件"刻骨铭心"之事。

那夜正值花朝节，阿茕恰满十五，这也就意味着她已成人，可觅良婿婚配。

思及此，她不禁自嘲一笑，如她一般的女子，哪还嫁得出去。

她花去整整两年的时间方才取得陆九卿的信任，那只夜鸦亦被她成功驯化，成了她的信物与传书工具。

陆九卿本欲送她一场笄礼，却被她婉言相拒。

明知不可得还去奢想，只会让欲望在心间越扎越深。

陆九卿仍是亲自送来一套钗环，以及一身她从未穿过的女式裙装。

也罢，就当断了她最后的念想，今夜以后，世上再无苍琼，只余陆阿茕。

她立在铜镜前，以生平最柔美的姿势换上那身裙装。

那是件极尽奢华的桑蚕丝齐腰襦裙，烟紫色裙裾，上嵌珍珠，银丝绣纹，只消一眼，便再也放不下。

穿惯了男式衣袍的她不曾穿过如此烦琐的裙装，一时间竟被难住了，几许慌张，几许难堪，不知下一步该如何应对地僵在了原地。

铜镜里倒映出她狼狈的身影。

散乱的发、凌乱不堪的衣，她呆呆望着镜子里的自己，忽而勾起嘴角自嘲一笑。

"既非男又非女，你究竟是个什么怪东西？"她一遍又一遍地轻声质问自己，"既非男又非女，你究竟是个什么怪东西？你究竟是个什么怪东西？！"

越质问，她眸中郁色越深，待到临界点时，终于再也克制不住，端起钗环配饰全都往铜镜上砸。

随着几道嘈杂之音响起，铜镜应声而裂，待到镜子里再也倒映不出她完整的身影了，她方才住手，弓着身子大口大口喘着气。

"陆阿苨……"

一个毫无波澜的声音陡然在身后响起，惊得阿苨心头一悸，猛地回头，却见白为霜右手挑着帷幔，正神色不明地望着她。

兴许是阿苨面上的惊骇太过扎眼，白为霜立马补了句："我隔着帷幔唤了你好几声，你都未听见……"

余下的话不必再说，阿苨也能猜到他接下来想说什么。

先前盘踞着整颗心的恐惧全然被阿苨压下去，不消片刻，她就变了脸色，一脸阴鸷地朝白为霜步步逼近："小霜霜，你说我这样可像个姑娘家？"

阿茕这模样着实太过诡异，连素来镇定的白为霜都没来由地冒出了一身细密的鸡皮疙瘩，手背上的汗毛都已根根竖起，他皱了皱眉头，只问："你究竟是怎么一回事？"

"你看到什么，就是什么了。"阿茕毫不避讳，反倒又朝他妖娆一笑，"你还不知我这些年来究竟对你有何心思不成？"语罢，神色决绝地撕下一截衣袖。

白为霜这下终于绷不住了，满脸震惊地望着她，宛如同时被九九八十一道惊雷给劈中了一般，跌跌撞撞地扶着门冲了出去。

阿茕却疯了似的捂着肚子滚地大笑，笑得眼泪水都冒出来了，笑得连她自己都辨不清，是该欢喜还是该悲伤。

即便换上了女装又如何？

可有人能认出她本就该是女儿身？

白为霜像见了鬼似的在杏花林间疾走，想必活了整整十六年他还从未遭受如此惊吓。

　　杏花天位于明月山之巅，夜间风大得很，晚风一阵又一阵地卷来，拂在身上难免带着几丝寒意。

　　若未撞上这么一遭破事，白为霜早该脱衣就寝了，故而身上并未穿太多衣服。纵然如此，他仍像是没有知觉似的不停地在杏花林间转悠，阿茕着女装朝他媚笑的那一幕像是深深刻在了脑子里一般，挥之不去地在他脑袋里萦绕萦绕再萦绕……

　　他想，他大概是快被阿茕那厮给吓疯了，否则又岂会总是想起她的脸、她的笑，他越是控制自己不去想，那些被剪得支离破碎的画面越是要往他脑子里钻，霸占他所有思绪。

　　他素来镇定，而今却再无回住所的勇气。

　　夜色越浓郁，寒意越深，渐渐穿透他薄薄的中衣，渗入骨子里。

　　他抱着胳膊思忖半晌，仍无要回住所的意思，索性转了个弯，往江景吾房里走。

　　西苑虽只有十五间房，每间房的距离却隔得非常远，白为霜从此处前往江景吾的住处，花了足足半盏茶的工夫。

　　半盏茶工夫后，白为霜便已进了江景吾的屋。值得庆幸的是，江景吾室友今晚恰好不在，瞅见白为霜来了，连忙摸出一壶藏了大半个月的酒，又寻来两个茶盏充当酒杯，笑呵呵地斟着酒。

白为霜心事重重，根本分不出心思去品酒，盯着澄清的佳酿思索半晌，仍是忍不住道了句："方才陆阿苌在我面前断袖。"

白为霜这一句话的威力，不亚于突然在晴空降下无数道霹雳，劈得江景吾两眼发直一脸蒙逼，小手那么一抖，洒了自个儿满身酒。

本就不善言辞的白为霜这才意识到自己说错了话，然而，他所受的惊吓只会比江景吾大绝不会比他小，他微微垂着眼睫整理了下思绪，试图将整件事说完整："不对，是我先看到陆阿苌穿着女装，然后他才当着我面撕下一截衣袖。"

江景吾好不容易扶起的酒壶又"啪嗒"一声落了地，这下全洒了。

他无比肉痛地盯着那空酒壶许久，方才说出一句欠揍至极的话："我以为……你比他更适合女装……"

后面的话尚未说完，便被一声凄厉的惨叫所取代。

巡夜的护卫恰经此处，推门一看，整个杏花天最显贵的两个贵公子正扭打成一团，酒洒一地，满地狼藉。

杏花天内禁酒禁斗殴，甭管白为霜与江景吾身份是如何如何尊贵，该罚的还是得罚。

于是，一人领了一本《训诫》带回去抄。

纵然被罚抄书，白为霜仍有些魂不守舍，苦苦纠结着，此后该如何面对阿苄。

事实证明，他这时候思考这种问题着实白费力气。

翌日清晨，天还未亮透，阿苄便收拾东西走了。

直至三日后，他方才知晓，原来阿苄考上了童生，此番离开是要去考乡举。

一股说不清道不明的滋味瞬间涌上心头。

他与阿苄相识数十载，同房八年，除却姓名，他竟对阿苄一无所知。

那时候，他以为阿苄会很快回来，却不想她年仅十五便考上秀才，此后再未出现。

后来，连景先生都未再提起阿苄，江景吾趁此机会搬来与他一同住。

悬挂八年的那帘帷幔就此被拆落，他莫名觉着有些不习惯。

他突然想起一年前，他与阿苄一同滚下山坡的那一夜。

大抵，真应了那两个字——孽缘。

第三章

久 别 又 重 逢

一：她不明白自己所做一切究竟是为了什么？那场被她看得比
生命更重要的复仇又究竟是为了什么？

五年后……

年仅二十的陆阿茕考中殿试，名列第七，至此名扬天下。

少年成名的她任天水府梅城县县令之职，于次年春还乡。

次年春。

楚地冰雪消融，阮江上碧波万顷，白为霜一袭天青色锦袍长身立于画舫之上。

江景吾又在设宴酬宾，觥筹交错间夹杂着靡靡丝竹之音，白为霜素来喜静，又嫌那些媚眼横飞的舞女身上脂粉气息太过浓郁，浅酌几口清酒便跑去船头吹风。

江风轻轻拂过面颊，他终于吁出一口浊气，举目眺望江岸。

而今正值早春，沿岸一片花红柳绿，这般倚在栏杆上吹风着实惬意，他微微眯起了眼睛，似有一直在此处待下去之意。

今日阳光明媚天朗气清，又恰逢休沐日，故而两岸游人如织。

令白为霜觉着奇怪的是，明明岸上有这么多的行人，为何那抹鲜红偏偏就能撞入他眼里？他斜倚栏杆的身子在一瞬之间变得僵直，注意力全集中在那扎眼的红衣少年身上，那抹红影却像变戏法似的，一晃便消失在茫茫人海里，仿佛先前所见不过是错觉。

一股说不清道不明的情绪霎时涌上心头，他瞪大眼，试图从人群中搜寻到那抹鲜红。

两岸人潮汹涌，那抹鲜红宛若没入湖海的一尾鲤，某个瞬间，那尾鲤就会再度显出身形，傲然立于春风里，微一侧首……白为霜

YUJUN
GONGCHENGFENG
067/

身后便传来了江景吾的声音。

　　江景吾一身酒味扑鼻，怀里搂着个满脸娇羞的舞姬，一派风流地调侃道："打一开始你就盯着人家看，啧啧，我竟看不出你这小子好这口。"语罢，他又低头盯着怀里的舞姬细细打量，"咦，不过这姑娘怎么看起来有几分眼熟呢？似乎……似乎与那陆阿苨有几分相似啊。"

　　听闻此声，白为霜不禁猛地一回头，就在他回头的空当，那抹红影便彻底消失不见了。

　　白为霜面色微愠，黑着脸望了江景吾一眼："滚。"

　　江景吾忙拍拍舞姬的肩："听到没，人白大美人叫你滚呢。"

　　舞姬泫然欲泣。

　　白为霜又瞪了江景吾一眼："本王是叫你滚。"

　　江景吾这厮与阿苨倒是同道中人，一样的脸皮厚，都这般光景了，还能嬉皮笑脸地与那舞姬道："白大美人又闹脾气了，你先进去。"

　　舞姬款款而去，江景吾方才恢复正经，颇有几分严肃道："你是世子，又不是和尚，这般不近女色是为哪般？"

白为霜懒得搭理他，江景吾却愣是不肯走，非杵在这儿自说自话。

白为霜宛如老僧入定一般，对江景吾那厮所说之话一概不理。江景吾无计可施，眼珠子一转，忽而惨叫一声："呀！你该不会真断袖了吧！一直惦记着那陆阿苨，嗯？"

白为霜静默不语，只拿一双冷若寒霜的眼狠狠剜他。

江景吾这厮非但不收敛，反倒越发来劲，在一旁絮絮叨叨着："惨咯，惨咯，这下又该如何是好！"

白为霜早已过了轻易暴躁的年纪，对江景吾所说之话充耳不闻，只当他在放屁。

于是，二人一动一静，一吵一闷，整个下午便这般过去了。

临近戌时，画舫甫一靠岸，白为霜直接无视江景吾的苦苦相留，板着张讨债脸下了船。

白为霜他爹虽是权势滔天的楚国公，乃大周唯一的异姓王，子女运却稀薄得可怜，好不容易得了两个儿子，大儿子，也就是白为霜他哥，却在四年前溺水而亡。本已立志做一闲王的白为霜赶鸭子上架，被迫离开杏花天，继承了这世子之位。

故而本就表情缺乏的白为霜为了树立威信，越发没了表情，却是无心插柳柳成荫，一年不到这冷面俊世子的名号便已传遍大周，远在帝都的阿茕自是有所耳闻。

听闻此传言的她但笑不语，只暗戳戳在心中揣测着，也不知这闻名天下的冷面俊世子再见到她会有怎样的反应？啧，莫名有几分期待又究竟是怎么一回事？

话已扯远，让我们再度将视线集中在冷面俊世子白为霜身上。

且说白为霜下了江景吾的画舫，已然抵达自个儿的世子府，才一入门便匆匆跑来一人，附在他耳边道："新上任的梅城县令自称是您的故人，正在侧厅候着。"

这便是做世子的烦人之处，从前他这闲人压根就没人搭理，自从做了世子以后，不论何人都想与他见上一面。

他素来不屑做多余的交际，想都未想便道："不见。"

"这……"与他通报之人颇有几分踌躇，几番挣扎后，仍是补了句，"那人道，他叫陆阿茕，乃是您在杏花天的同窗。"

通报者此言一出，我们那泰山崩于前都面不改色的冷面俊世子瞳孔骤然一缩，缓了近两息，方才道："照样不见。"话虽这般说，却全无先前的气势，怎么看都令人觉着他是在心虚。

通报者见此情景不禁面露几分疑色。

很快，那名唤陆阿茕的同窗便抱着只不晓得从哪儿拐来的野猫高调登场，却是未见其人先闻其声："啧啧，五年不见，白兄倒是越发不近人情了。"

不知怎的，这一如从前的调侃话语落入白为霜耳朵里像是突然变了个味。

他愣在原地沉思许久，方才猛然掀起眼皮子。

不过看了一眼，他便觉自己心口跳得厉害。

他怎么都没想到，原来今日在画舫上看到的那红衣少年真是阿茕。

阿茕生得俊朗，虽已至弱冠之年，却仍是少年人的模样，寻常人都穿不来的骚包红衣裹在她身上说不出的好看，身姿颀长，眉目含笑，道不尽的肆意张扬，无端叫人想到了"少年鲜衣怒马"六个大字。

不亚于白为霜在画舫上的惊魂一瞥。

这还是阿茕暌违五年，头一次见到白为霜。

当年的冷峻少年郎已然变得成熟，仍是一等一的美貌，却又不复当年，总算长出些许棱角，能让人一眼将他与女子区分开。

阿芫打量白为霜的同时，白为霜亦在打量她。

阿芫生了张少年脸，打小便被人认作男孩，近些年却有越长越柔和的趋势。

白为霜盯着阿芫这张越来越女气的脸看了半晌，满脑疑惑：这厮怎的越长越娘气了，莫非真断袖了不成？

阿芫自不知白为霜心中所想，悠悠收回目光，懒散一笑："听闻楚地频出吸血案，下官特奉圣上之命，前来协助世子破案。"

是了，阿芫今日所来的目的正是这个。

故而她才会这般坏心眼地去揣测，白为霜再见她究竟会有何反应。

当年之事她是真做得绝，可若不那般做，谁又知她可还有机会去考乡试，怕是连站在此处调侃白为霜的机会都没有了吧。

思及此，阿芫面上的笑意终于寸寸退去，重新换上副正经表情。

而白为霜不想当世子的原因，也正是因为他爹早有让位之意，烂摊子全往他身上堆，阿芫此番所说的吸血案正是诸多烂摊子之一。

约莫十五年前，也就是阿芫娘亲离世的那一年，楚地出现了第一桩吸血案。

杀人手法十分残忍可怖，死者颈部生生被咬断，放干所有血，方才丧命。

此后，几乎每隔半年，楚地都会出现一具被咬断脖颈放干血的尸体，一直持续至今。

这是一桩横跨十数年且仍在持续着的悬案，由于太过离奇，怕引起轰动，衙门才会一直压着消息。直至半月前，楚国公才将这担子压在白为霜肩上，也就是在那时，他方才知晓，世上竟还有如此丧心病狂之人。

最近的一桩吸血案是在三日前，发生在梅城县，死者恰好是梅城苍家嫡长子，此外苍家家主亦横死，也就说，这一回，阿芫那生父以及同父异母的哥哥都恰好丧命。

阿芫名义上是梅城县县令，实际上她的主要职责还是以协助白为霜破这桩案为主。

只是近些天白为霜还有别的事需要处理，于是她便先赶回了梅城苍家。

百年苍家早被阿茋她爹败得面目全非。

阿茋行走在记忆中的庭院里，只觉满目苍凉。

苍家传到阿茋她爹这代本就式微，短短十五年便由梅城首富跌出三甲，全靠祖宗从前打下的基业苦苦支撑着，而今苍家家主横死，这本就摇摇欲坠的大家族一夜间倾倒，家仆走的走，散的散，连那当年踏着阿茋娘亲上位的新主母都一派疯癫模样。

新主母姓何，不比阿茋娘亲美貌，却也是个不可多得的美人，纵然年近四十，仍风华不减。

瞧着她像个稚童似的蹲在自个儿子尸首前时哭时笑，疯疯癫癫的模样，阿茋心中非但没有报复的快感，反倒生出几许感慨。

却道物是人非。

阿茋脑子里关于她那亲爹的记忆并不多，而今再回想起往事，竟只记得自己母亲的懦弱，以及何氏的飞扬跋扈。

她将思绪从往事里拔出，何氏正咧着嘴号啕大哭，感受到她的目光，又倏地抬起头来，朝她痴呆一笑，再也寻不回从前的影子。

阿茋几不可闻地轻叹了一声，微微招手，唤来一人拖走碍眼的疯癫何氏。

直至再也见不着何氏，阿茕方才吁出一口气，颔首示意杵在一旁的仵作掀开盖住她亲爹的黑布。

黑布覆着具僵硬苍白的男尸，轮廓秀挺肤色白净，着一袭绛紫色锦衣，线条流畅的下巴上留有一撮美须，无声无息地躺在这里，叫人怎么都想不到，三日前他还曾一掷千金博美人欢心。

整个梅城县的百姓都在说，苍家家主是何等的艳福，年近四十还能大胜周家大少，得到那梅城第一美人的垂青，却不想，他竟这般薄命，还未享得美人福便已归西。

这所谓的梅城第一美人不过风月场里的一个名妓，苍家家主才断气，又重新投入周家大少的怀抱，哪管自己前不久才与他人海誓山盟。

风月场上的女子哪有什么真心，倒也无人责怪她凉薄，人们的注意力全都集中在苍家家主蹊跷的死因上。

传闻苍家家主死于自己书房之中，说是中毒身上又寻不出一丝中毒的迹象，说是遭人凶杀，浑身上下却寻不出半处伤，唯有一双眼瞪得有如铜铃大，故而坊间传出不少流言，道他是活生生被鬼吓死的。

那只鬼，指的便是阿荜她那早死的娘亲。

阿荜娘亲当年本就死得蹊跷，纵然苍家对外声称自家主母乃是死于恶疾，却无一人相信，这深宅大院里的事谁又说得清。

阿荜一路走来亦听了不少传言，而今真正见到这具无声无息的尸体，只觉感慨良多。

从前，她想过很多种与自己生父再见的场景，甚至，她连见到他后要说的话都一一想好了，又何曾想过，竟会变成这样。

她一点也不畅快，却也流不出一滴泪，只觉胸口堵得慌，喉咙里像是被人灌满了铅，吞不下去，又吐不出来。

穿着粗布衣的仵作在一旁絮絮叨叨说着什么，她即便不曾认真去听，也能猜到个大概，无外乎就是说，苍家嫡长子的死因与从前那些吸血案无异。反观苍家家主，纵然那仵作使尽浑身解数，都找不出他的死因。

从始至终阿荜都垂着眼帘，待到仵作说完那番话，方才颤了颤眼睫，道："依你看，他可是如坊间传言那般，活生生被鬼吓死的？"

仵作面色凝重地摇摇头："凡是被吓破胆之人，必将面色乌青，瞳孔放大，更有甚者，还会口吐白沫。"

苍家家主面皮白净，双目圆瞪牙关紧咬，不似受到惊吓，反倒像是承受了极大的痛楚。

阿茕了然，悠悠收回目光与那仵作道："所以，他不是被吓死的？"

仵作颔首，带着几分羞赧："确切死因还得再查。"

阿茕也不欲与他在此事上纠结，只道了句"你接着验，我再去别处看看"，便起身走了出去。

在一干家奴的指引下，阿茕来到了苍家家主死亡的现场，也就是那间书房。

书房摆满各类古董字画，纵然苍家已然没落，家底仍比一般人家丰厚，阿茕双手负背，在书房内踱步，听闻引路的婢子描述当时的情景：

家主的书房从不允许闲人进，哪怕是大少爷都不能随意踏入，故而，无人知道家主究竟何时断的气。他们只知家主那日显得十分异常，一头扎进了书房里再未出来过，送去的饭也未动一口，这般过去一整天，到了第二天清晨，才有人发觉不对。

何氏领着家丁将门撞开，便瞧见家主伏在案上"小憩"。

何氏向来泼辣，才欲发作，家主竟被她一把推倒在地上，一摸，连气都断了。

何氏险些被吓得昏厥过去，外头却又传来噩耗，大少爷死在了自个铺上！

这一下何氏才真撑不住了，两眼一翻直接栽倒在地，醒来便满口胡话，总说有鬼找苍家人索命。

阿苤知道何氏所说的那个"鬼"正是她母亲。

那些神神道道的坊间传闻倒不是有心人作祟，皆出自何氏之口。

阿苤娘亲向来软弱，又无显赫的家世来替她撑腰，纵然当了苍家主母，仍受尽白眼，从始至终都被何氏所压制。再软弱的人都有旁人不可触碰的逆鳞，而她的逆鳞正是年幼的阿苤。

何氏千不该万不该对阿苤下手。

即便是现在，阿苤都能清晰地记得，那夜她娘亲与何氏针锋相对时宛若修罗的表情："你若敢动我女儿，我即便化成厉鬼都不会放过你！"

那夜兴许是她那短暂的一生中最有血性的时候，可这又如何，最后她还是死了，是否真化成了厉鬼，阿苤倒是不得而知，只知从那以后她的日子越发不好过。

那时阿茕的生父就已初显败家子之风范，整日流连花丛泡在风月场里，连自家正房"病死床榻"都不知。何氏一手遮天，势要斩草除根，连年仅五岁的阿茕都不放过，亲手将其送至人牙子手中，且嘱咐，不可变卖为奴，要送去采生折割。

彼时的阿茕纵然年幼无知，却仍是记住了那恶毒的字眼"采生折割"。

何为采生折割？

"采"即采取、搜集，"生"即生坯，"折割"即刀砍斧削。

何氏便是要将阿茕作为生坯送给人牙子，任凭他们刀砍斧削，将阿茕变成个能供人讨钱的怪物。

起先，阿茕尚不知晓这四个字所包含的寓意，直至她真正进了乞儿窝，看到那洒落一地的鲜剥兽皮与肢体残损的稚童，方才懵懵懂懂猜测到其险恶用心。

所幸她生了副不俗的容貌，令那领头的乞儿动了歪心思，才逃过那刀砍斧削之劫。

往事不停地在脑子里回放，不知不觉中，阿茕竟一屁股坐在了苍家家主当日所坐的太师椅上。

纵然阿茕胆大包天，仍是对死人坐过的椅子有所忌讳，她"哗"的一声站起，却又在站起的一瞬间突然回想起什么，再度坐了回去。

她的目光在对面那堵墙上来回游走，最终定格在中心位置的那一幅画上。

那是一幅看似十分寻常的美人图，既非大师手笔又不像是出自苍家家主之手，图中美人画得中规中矩，唯一引人注目的是美人足下一片赤色红莲，鲜艳欲滴，仿似鲜血染成。

莲花淡雅，素来被文人誉为高洁之花。

红色莲花却不然，本是佛学八寒地狱之一，因受生此地狱者严寒逼切，其身变为红赤之色，皮肤冻裂，故称红莲地狱，亦有说是十寒地狱。此外，另有一说，是热地狱之一，其狱中皆呈赤色，如红莲花之色。

若是个市井莽夫，不知个中寓意倒是情有可原，堂堂苍家家主也不知，还真是说不过去。

二：她呆呆望着那个毫不起眼的黄土堆，心中百味杂陈。事已至此，她都不知自己究竟算不算替娘亲报了当年之仇。

阿茕又盯着那幅画看了半晌方才移开视线，朗声询问立在一旁的婢子："你家家主可信佛？"

阿茕突如其来的一问倒叫那婢子愣了愣，那丫头倒也机灵，不过恍了片刻的神，很快便应道："算是信的。"

阿茕也不深究这四个字，又起身，重新将书房扫视一圈。

如此一来，便发觉许多先前被她忽略掉的细节，譬如整个书房内到处充斥着莲纹，譬如那幅美人图正对的书桌以及书桌后方的书架，而那书架之上又有一盏造型古朴的莲灯与美人图正中间的那朵红莲遥遥相对。

阿茕不知这样的布局究竟有何用意，却已全然被那盏莲灯所吸引。

她嘴角微掀，径直走向书架，试图去拿那盏莲灯，却发觉，莲灯乃是固定在书架之上的。

如此一来更能确定莲灯之下藏有古怪，她面上笑意更甚，又试着用手扶住莲灯转了转，果不其然，能活动。

此时此刻，书房内所有人的目光皆集中在阿茕身上，她非但不紧张，反倒越发从容淡定，又试着将莲灯多转了几圈。

忽听书架内传来"咔"的一声脆响，竟像一道开锁声。

这一瞬所有围观者皆屏住呼吸，阿茕亦停下手中动作，凝神望着传来动静的方向，不多时，莲灯正后方便裂出条寸许长的缝，一股令人作呕的气味霎时自那缝中涌出。

头一个受害者阿茕连忙屏住呼吸后退一步。

这个气味她识得，与当年和白为霜一同掉入神秘山谷中所闻到的气味一般无二，甚至比那山谷中的气味还要浓郁。

她捂住口鼻，绕过书桌一路退到底，方才唤来一人道："去把仵作请来。"

未过多时，仵作便已来到书房，不必凑近了去闻，他就做出了判断："此乃腐尸之臭。"

阿茕颔首，唤来两人顺着缝隙将那书柜推开。

随着缝隙不断地扩大，阿茕终于看清藏匿在里边的东西。

藏匿在书柜后的是一间仅能容纳两张床的石室，石室中虽开着天窗，窗口却小得可怜，仅有少许阳光能投入进来。纵然如此，阿茕仍是一眼就看到位于天窗之下的床上整整齐齐躺着两具干尸，身形不高，骨骼纤细，着统一的服饰，大抵是两个男童。

阿茕并非刚涉世的小姑娘，富贵人家养娈童之事她倒也有所了解，也不是什么见不得光的大事，故而真正耐人寻味的还是苍家家主对此事的态度。

若非要将此锅甩至何氏身上，说她善妒，苍家家主便只能偷偷养，倒也说得过去。

阿茕微不可闻地叹了口气，又将后事交代给仵作，叮嘱仵作好好查看，方才离开书房，直奔何氏所在的后院。

何氏正在糟践后院里的芍药。

好端端生在枝头的娇花被她一朵一朵掐掉，复又揉成一团扔在地上踩。

这些芍药乃是苍家家主生前种下的，皆是名贵的花种，一旁服侍何氏的婢子直看得肉疼，却又不敢阻止，只得任凭她糟蹋。

待何氏掐到第八朵花时，阿茕来了。

脚步声才响起，何氏便一脸警惕地回了头，原本还只是闷着疯，阿茕一来，她整个人就都不对了，将手中花一丢，拼命扯着嗓子嚷嚷，一会儿说："恶鬼索命。"一会儿又喊，"不要过来，不要吸我血！"

听到最后一句，阿茕不禁头皮一紧，越发肯定何氏定然是看到了什么不该看的东西，忙走过去搂住何氏的肩，低声安抚着："莫怕，莫怕，我是好人。"

她不说话还好，一说何氏疯癫得更厉害，竟直接挣开阿茕的手一溜烟跑得没了踪影。

那婢子瞧了急得直跺脚，才起身去追，又想起阿茕的身份，连忙折回与她行礼道了个歉，方才再度去追。

阿茕也不说话，托腮望着婢子消失的方向若有所思。

临近午时，仵作那边传来消息，那两个男童手腕脚踝处有多处割伤，除此，并无任何显眼的致命外伤。

阿茕听罢点了点头，那仵作换了口气，又突然捧来一根用棉布裹着的铁锥，继续与阿茕道："至于苍家家主……"说到此处，他不禁低头看了眼那根不足巴掌长的铁锥，"此乃杀害苍家家主的凶器。"

开始的时候仵作一直说未发现苍家家主身上有伤，而今怎又突然找出了凶器？

阿茕虽有不解，仍耐着性子听他说下去。

那仵作说了一堆，大致意思就是，苍家家主身上并无其他伤，致命一击乃是这根铁锥所致。铁锥细长而坚硬，烧红钉入人后脑，既无腥臭，伤口又藏在发丝里，难以察觉。

一语罢，他还不忘赞两句那凶手心思甚妙。

阿茕挑着眉望他一眼，笑着赞赏几句，便接过他手中铁锥。

此案目前虽由阿茕一手查办，最终还是得由白为霜做出决断。

今日收获已不少，她只需将这些统统告知白为霜即可，后面的事由他来做。

阿茕这般想着，人已不知不觉走向苍家祖坟所在之地。

苍家祖坟位于一里开外的苍山之上，那里埋着苍家百年三代人，她那娘亲的坟茔亦建在苍山之上。

她呆呆望着那个毫不起眼的黄土堆，心中百味杂陈。

事已至此，她都不知自己究竟算不算替娘亲报了当年之仇。

那些恶人死的死，疯的疯，她却从始至终都笑不出来。

她不明白自己所做一切究竟是为了什么？那场被她看得比生命更重要的复仇又究竟是为了什么？

难道不是为了堂堂正正站在他们面前，以绝对凌驾于他们之上的身份，还她娘亲清白？

她嘴唇微微张合，本想喊一声娘亲，仍生生克制住，只跪下磕了三个响头。

一道尖厉的声音陡然在身后响起，惊得她连忙起身，回头一看，竟是那疯疯癫癫的何氏。

何氏像个小姑娘似的拍着手又蹦又跳，指着阿茕娘亲的坟茔道："她是被吸干了血才死的！"越往后，声音越尖细凄厉，直听得阿茕头皮发麻，"所以！她才变成了鬼！吸干了我儿子的血！"

远处冲出一个牛高马大的粗使丫鬟，她虽不知阿茕这青天大老爷没事跑人家祖坟看什么，却仍恭恭敬敬朝阿茕行了个礼，方才制住疯癫的何氏，一把往山下拖。

何氏人已离开，那两句话却烙在了阿茕脑子里。

从始至终她都懒得去想何氏到底看到了什么，又究竟因何而疯，仅仅是因为丈夫与儿子同时暴毙而受刺激？

阿茕不信，如何氏一般心思歹毒的恶妇又岂会这么容易被吓疯？

此事远远比想象中来得更复杂。

思及此，阿茕即刻动身，带着仵作找到的铁锥，马不停蹄地赶往天水府。

阿茕抵达世子府时已至酉时，才敲门，便走出一个小厮，不着痕迹地将她打量一番才道："阁下可是梅城县令陆阿茕？"

阿茕颔首，那小厮见之忙从袖袋里掏出一封请柬，道："世子不在，此乃景先生差人送给大人您的请柬。"

阿茕道了句谢，便将那请柬收下，抽出一看，果不其然是景先生的字迹。

他消息倒是灵通，竟这么快便知道她已回来了，一同邀了包括阿茕在内的昔日三十名同窗相聚杏花天。

阿茕将请柬收入袖中，只得又转身往明月山上走。

好在世子府距明月山不远，不消半个时辰，阿茕便已抵达山脚，只是爬上去又费了不少工夫。

请柬上约定的是戌时，阿茙足足提前了半个时辰，故而成了第一个到杏花天的。

当年那胖童子一如既往的严肃正经，倒是抽了条，不再似小时候那般痴胖，全程正经脸领着阿茙往花厅赶。

大抵不曾想过自己的学生中会有这般守时的，故而景先生早就放飞自我，不知跑哪儿去挖春笋了。

抽条版胖童子仍是那副不苟言笑的正经样，将阿茙引入花厅，沏了壶茶后又跑得不见人影。

这些年来阿茙性子虽沉稳不少，本性倒是不曾改变，人前装模作样扮沉稳，人后依旧顽劣又话痨。

独处且无人搭理的时候总想给自己找些乐子。

奈何抽条版胖童子压根就再无折回与她聊天的意思，闷头喝了两盏茶的阿茙简直闲到想出门玩泥巴。

兴许是她的"怨念"太深，第三盏茶才入喉，厅外便传来一阵敲门声。

她起先没太注意，兀自低头吃着茶点，隔了半晌，那敲门声又一次响起，这才成功引起她的注意。

细细嚼完茶点的她悠悠抬起了头，正所谓是不看不知道，一看才发觉不得了，花厅的门竟悄无声息地被人推开了，门槛外还摆放着个以黑布覆盖的托盘。

事出反常必有妖，阿茕又低头饮了一口茶，方才起身朝门外走。

不曾凑近阿茕便闻到了一股子膻味，其间还混杂着极其浓烈的血腥味，那被黑布盖住的物什高高隆起，时不时颤抖一下。

那物笼在黑布之下，纵然凑近了也瞧不出究竟是何物，阿茕又有些谨慎，不敢轻易动手去掀黑布。

她盯着那物看了半晌方才将视线挪开，仔细地扫视屋外回廊与庭院，以查看可有可疑之处。

院外与回廊都干净得很，既未掉落任何东西，也无奇怪的脚印，阿茕只得收回目光，将注意力再度集中在那不停颤抖着的物什之上。

就在她将目光收回的刹那，被黑布盖着的那玩意儿竟猛地一弹，盖在它身上的那块黑布亦随之飘落，堪堪露出一只血肉模糊的歪头鸡。

确切来说，那不是一只完整的鸡，它身上的毛被一一拔净，脑袋之所以是歪着的，只因已然被扭断，脖子上的皮被生生撕咬开，却又未将其完全咬断，黏黏糊糊渗着血，已然接满一托盘。

又是鸡！又是断颈！又是放血！

阿荑神色骤变。

也就是在这时，那模样骇人的鸡竟昂头怪叫了一声，惊得阿荑连忙捂着胸口往后一弹。

说时迟那时快，那歪脖子鸡趁着阿荑受惊的空当，就这般撒开脚丫子跑了。

它那副被扒光了毛、又歪着血淋淋的脖子的模样实在惨不忍睹，跑起来的姿势亦过于扭曲，整个画面简直诡异至极，以至于近些年来见足了世面的阿荑都遭受到了惊吓，一时半会儿竟缓不过神来。

想她陆阿荑打小什么样的风浪没经历过，竟被一只歪脖子鸡吓成这副德行，说出去只怕丢人。

阿荑稍一思索，敛回了心神便去追那歪脖子鸡。

那歪脖子鸡模样虽然古怪，跑得倒是快，不出一会儿就把阿荑甩开一大截。

直至此时阿荑才觉有什么地方不对劲，纵然已生退缩之意，却仍是紧追不舍地跟在后边跑。

这一跑一追的，又不知到了哪里。

阿茕先前既已心生退缩之意，自然也就明白了，定是有人刻意将她往某处引。

再一细想，那人既能不动声色送来这么个怪东西，要杀她自然是易如反掌，想必他所做的一切不是为取她性命，而是另有目的。

思及此，阿茕越发坚定了要追下去的信念。

她虽不擅武，与一般人搏斗倒也能保命，更何况她身上还藏有暗器以及陆九卿当年赠的那只竹哨。

又过了半炷香时间，那一路拔足狂奔的鸡终于流尽血，一头栽倒在地。

追得上气不接下气的阿茕隔着大老远便看到这一幕，终于得以放慢步伐，缓缓走了过去。

那只歪脖子鸡已然四仰八叉地趴在地上，死得不能再死，阿茕一掀衣袍半蹲在地，刚想提起那歪脖子鸡，便发觉它的腹部紧紧挂了一个鱼钩，鱼钩上面连着一条鱼线，若不是鱼钩上的线全然被鸡血染红，她也不会这么快就发觉鱼钩的存在。

如此一来……也就是说，那个人从头至尾都知道她的行踪，且一直用鱼线操纵着这鸡将她往此处引。

此时山间并未起风，却有一股子寒意顺着她尾椎骨一路往上蹿。

她已顾不得去思索那人为何要将自己往此处引，只想取下那根鱼钩，提着鸡往回走。

思及此，她连忙自衣摆上撕下一块布，包裹住手，小心翼翼地将鱼钩从鸡腹部取出。将那歪脖鸡从头到脚细细扫视一番，她又发觉一处异常，它紧闭的喙中似夹着一团草木残渣，至于究竟是什么，她暂且分辨不出，心中却有个判断，猜测兴许是带有致幻成分的花草。否则一只正常的鸡又岂能在断颈的情况下，乖乖被鱼钩钩着跑上这么长一段路。

就在她收拾完一切，准备起身之际，头顶忽而一暗，一道人影猛地扑来……

花开两朵，各表一枝。

白为霜与江景吾的马车终于抵达明月山脚，若无阿茕，他们二人定然会是今日来得最早的那批。

江景吾平日里花里胡哨惯了，即便是穿来件金缕衣都无人觉着稀奇，反倒是白为霜这厮反常得很，素来不屑装扮的他今日穿了一身骚包至极的月白绣金丝暗纹衣袍不说，头上还郑重其事地戴了一顶羊脂白玉冠。他本就有倾城之貌，再一打扮还得了，随便往哪儿一站便能晃得人挪不开眼。

江景吾只看不说话，心中很是鄙夷地哼哼：这厮摆明了就是来"勾引"人的。

至于要"勾引"谁？

他竟头一个便想到陆阿茕。

这个念头才从脑子里冒出，江景吾便忍不住打了个冷战，随后狠狠地唾弃了自己一把。

不过话说回来，陆阿茕那小子倒也生了副顶好的容貌，即便有白为霜这珠玉在前，头一次瞧见那小子，他仍是禁不住惊艳了一把。也怪不得当年大家都爱拿陆阿茕与白为霜比，奈何二人各有千秋，他们这群闲人比了整整八年，都未能比出个所以然来，比到最后阿茕离开了杏花天，只得盖棺定论，白为霜更美，陆阿茕更俊。

待到白为霜与江景吾爬上明月山，景先生仍是不知所终，抽条版胖童子仍是用那句"先生去竹林挖笋了"来打发白、江二人。

既然景先生不在，二人自然也得去阿茕先前所待过的花厅候着。

抽条版胖童子才将二人引至花厅，那张一本正经的脸上便露出疑惑的表情："奇怪，怎么人不见了？"

他这么一说，自有人忍不住问道："谁呀？"

抽条版胖童子晃晃脑袋，与提出这疑问的江景吾道："陆阿芫，她约莫半个时辰前便已到了。"

一听到这名字，江景吾便下意识地瞥了白为霜一眼。

白为霜那厮虽仍板着张讨债脸，江景吾却十分敏锐地发觉，在听到"陆阿芫"这三个字的时候，他眼神明显不大一样了。

至于有着怎样的变化，又是如何的不一样，江景吾也形容不出，若是硬要给出个形容，大抵能这么说：他眼睛里的冰雪在消融，寸寸裂开，透进了阳光。

想着想着，江景吾便禁不住倒吸一口气，一个不留神，竟又被自个给酸到了。

为了避免自己酸掉满口牙，最好的法子便是抑制那些念头，不要再去想，故而，江景吾连忙补了句："啊，兴许是他一个人待着太无聊了，出去走了走。"

抽条版胖童子很是敷衍地"唔"了一声，看着并无与江景吾侃下去的意思，随口找了个理由便准备告退。

他话音才落，从头至尾都保持沉默的白为霜忽而道了一句："那是什么？"

其余人纷纷转过头，朝他所指的方向望过去。

跃入众人眼帘的是个盖着黑布的托盘，正是阿茕先前所见，放着歪脖子鸡的那个，由于托盘上的鸡跑了，故而托盘上除了满满一盘猩红液体，以及一块被浸湿的黑色绸布外，再无其他。

托盘的位置较之先前亦有所改变，这次竟被人放在了阿茕坐过的太师椅下。

白为霜径直走了出去，食指蘸了些许液体放在鼻下闻了闻，拧着眉头道："是血。"

江景吾一脸莫名其妙地看着那满满一托盘的血，那抽条版胖童子又"咦"了声，道："膳房里端菜的托盘怎被人放到了这儿？"

白为霜看着毫无反应，实则已将那胖童子的话全然收入耳中。

他拾起那块黑色绸布细细查看一番，竟在上面寻到一些细小的绒毛，又放在鼻下嗅了嗅，当即判断出定是禽类的绒毛。

随后，他便问抽条版胖童子："今夜桌上会有哪些肉禽？"

胖童子想了想，便道："先生不爱食鸭肉与鹅肉，故而今夜桌上只会出现鸡肉。"

和阿茕一样，经历了那夜之后，他虽不至于谈鸡色变，但也没来由得瞅见鸡便觉心中不爽快。

而今杏花天里再次发生了与鸡相关的奇事，不让他回想起那夜之事才怪。

他眉头拧得越发紧了，自顾自地在地上寻找着些什么，果不其然，不消片刻便教他找出几滴尚未干透的鸡血。

江景吾凑了过来，不待他开口说话，白为霜便一把拽住他往厅外拖："陆阿茕怕是要出事了，快与我走一遭。"

第四章

识 破 女 儿 身

一：那新来的县官大人极有可能是当年被苍家主母送给人牙子的大小姐苍琼。

阿茕头痛欲裂地从地上爬起。

她还记得自己先前追着一只奇奇怪怪的歪脖子鸡跑了很远的路，然后便发觉那鸡是被人以鱼线操纵，特意引着她往某处走，再然后她便被人一闷棍敲晕，丢在了此处。

先前那只歪脖子鸡已然消失不见，所幸鱼线还在她兜里，阿茕一边揉着仍隐隐作痛的脑袋，一边扭着脖子环顾四周。

这是个算不上多大的山谷盆地，甚至能被称之为巨型坑，足下虽覆满黄土，却寸草不生。

由于楚地前些日子一连下了好几场暴雨，故而坑中积了不少雨水，一股子说不清道不明的腐臭味挥之不去地在阿荛周遭萦绕。

这个味道于阿荛来说并不陌生，乃腐尸特有，甚至连那坑，阿荛都觉得看上去十分眼熟，竟像是七年前那个突然出现、又突然消失了的神秘山谷！

阿荛向来是个行动派，一旦想到什么，便会即刻付诸行动，这个念头才从她脑袋里冒出，她便绕着谷底扎扎实实走上一圈，越走越觉熟悉。她记忆力本就比寻常人强，加之那夜之事太过刻骨铭心，扎扎实实走完一圈后，便已完全确定这便是当年突然消失的那个山谷。

怪不得他们当初怎么都找不到，竟是被人给连夜填埋了。

这个山谷占地不小，凭一人之力定然做不到，阿荛心中已然做出判断，怕是得有五人以上，才能在一天一夜之内挖土埋住那些尸骸。

想着想着，她又觉不对。

若真有这么多人来挖土，又岂能不惊动景先生？

这个答案怕是一时半会儿也得不出来，加之而今也不是钻研这些的时候，想办法先从这坑内爬出去才是。

她才欲转身离开，便觉后背一凉，凉意顺着背脊往上蹿，直冲头顶。

本能告诉阿茕，背后有危险，她心跳紊乱，屏住呼吸猛地往前跨了一步方才转过身来。

直至此时，她方才发觉自己背后竟站了个披头散发的怪人。

那人衣衫凌乱，面容扭曲可怖，两排稀疏的黄牙齿突兀地外翻，瞧见阿茕目不转睛地望着自己，怪人的嘴咧得越发厉害，自喉咙里发出阵阵古怪的音节，竟像是要扑上来。

而今的阿茕虽称不上武艺高强，却也非当年所能比，不说一上去就能将这怪人打残，保命倒是不成问题。

她一眼便瞧出此人有古怪，却又不想与之硬碰硬，索性拔腿就跑，将那怪人往山坡上引。

怪人手中并无兵刃，扛着半截连着头颅的肋骨一路猛追阿茕。

阿茕却是万万没想到，自己险些在阴沟里翻了船，她本以为这怪人不过一介山村莽夫，岂知他竟能一路追着她跑一路将那半截枯骨舞得虎虎生风。那枯骨几次从她脸庞划过，若不是她敏捷地躲过了，怕是会被直接掀翻在地。

眼看情况越来越紧急，阿茕终于决定改变主意，大袖一挥，对准身后的怪人射出一支袖箭。

她看似一顿乱射，却也有所计较，既不能一箭要了人家性命，又得使其暂失战斗力，故而一箭射在了那人膝盖上。只听"扑通"一声响，怪人直接摔了个狗啃屎，大刺刺地趴在地上，手中那截枯骨则"啪"的一声砸在阿茕胸口上。

莫名其妙被这么个怪东西砸到，正常姑娘家大抵都会尖叫一声，再把这玩意儿有多远丢多远，阿茕却是个相当不正常的，非但没有把它丢远，反倒"咦"了一声，将其捧在手中细细查看。

令她发出这等感叹之声的不是旁的原因，而是因为她竟在这截枯骨连着的头骨上发现了个绿豆大小的孔洞，没来由地让她联想到了杀苍家家主的那根铁锥。

她本还想从袖袋里将铁锥摸出来比画一番，那摔倒在地的怪人猛地从地上弹起，吓得阿茕连忙抡起那截枯骨往怪人脑袋上砸。

于是，顺着血迹一路赶来的白为霜与江景吾大老远便看到这凶残的一幕。

而那肇事者阿茕砸晕人还不忘"装柔弱"，拍着胸口叨叨念了好几声"吓死我了"。

山坡上的白为霜虽听不清阿茕究竟说了什么话，却仍是止不住地抽了抽嘴角。

许久未见阿茕的江景吾亦拍着巴掌啧啧称奇："暌违五年，这陆阿茕倒是风采依旧啊，风采依旧。"

江景吾自言自语的空当，阿茕已然抬首瞅见了迎风立于山坡之上的二人，不禁愣了愣。

白为霜朝她微微颔首，顺着悬挂在坡上的麻绳跃入谷底。

他显然已认出，这便是他当年与阿茕共患难的那个山谷。阿茕本还欲说些什么，他却从袖袋中掏出副手套，不紧不慢地戴上后，二话不说便将阿茕手中那截枯骨连着的头颅给拧了下来。

这一出看得阿茕叹为观止，连忙拍手叫好："一别多年，白兄仍是这般有男子气概！"

江景吾不知打哪儿钻了出来，冷不丁道："徒手掰白骨算甚，你得看他耍狼牙棒，那才叫真有男子气概。"

阿茕下意识地想象了下那个画面，先是"扑哧"一下笑出了声，接着竟越笑越厉害，最后捂着肚子与"深有同感"的江景吾笑作一团。

待到笑够了，阿茕方才万分艰难地叉着腰站了起来，却见白为霜正眯着眼盯着她。

纵然五年不见，阿茕仍是记得，白为霜这厮一做出这个动作，也就说明他是真动怒了。

阿茕连忙捂住嘴，一脸正经地蹲下身观察那躺在地上的怪人。

江景吾亦在此时捂住了嘴，蹭过来凑热闹。

待到阿茕拨开那怪人的头发，江景吾便"咦"地叫了出来："这人……不是前些年镇西将军府上无故失踪的那名副将吗？！"

阿茕不禁眉头一拧，白为霜却在这时道："这究竟是怎么一回事？"

这话虽说得不甚明了，阿茕却仍是听懂了，一五一十地将今日所发生之事交代清楚。语罢，她又从袖袋里掏出那根尖细的铁锥，递给白为霜看。

　　她才做完这些，江景吾又"咦"了一声，道："你是说，苍家家主乃是因铁锥刺头而死可对？"

　　阿茕颔首，江景吾便指着白为霜手中的骷髅头道："这头骨上正好有个洞！"

　　阿茕不缓不慢地点了点头："不错，我刚好要与你们说这个。"语罢，她试着将那铁锥刺入洞中，结果却是出乎意料地契合，那个圆洞像正是被这铁锥所钉出来的一般。

　　阿茕又突然想起什么似的，连忙在那怪人身上摸找些什么，一番折腾，竟真被她找出另外一根铁锥。她神色复杂地盯着那根新找出的铁锥看了半晌，方才侧身与白为霜道："你可还记得，六年前追了我们一整夜的那杀鸡贼，手中拿着的是什么？"

　　白为霜毫不迟疑地道："也是这铁锥。"

　　阿茕颇有些沉重地点头，二人默契地分头行事，一人拿着根铁锥，分头翻找那些被雨水冲刷出地面的尸骨。

　　结果令人心悸，每一具尸骨的后脑勺上都有个绿豆大小的洞，不大不小，恰好能与那铁锥契合。

阿茕抑制不住地浑身发颤，何氏那句疯疯癫癫的话犹如魔音，不停地在她脑子里萦绕。某一瞬间，她像是突然想到什么似的，捏着铁锥的手指一紧，由于力道太大，指关节处都微微泛着白。

白为霜与江景吾仍锲而不舍地翻着尸骨，她却霍然起身，即刻转身往山坡上走。

江景吾不似白为霜那般沉默寡言，瞧见阿茕有异常，连忙喊道："陆阿茕，你去哪儿？"

阿茕速度不减，仍是头也不回地朝山坡上赶："我要再回一趟梅城！"

阿茕一路策马狂奔，终于在半个时辰内抵达梅城苍家。

看到去而复返的阿茕，苍家家奴皆面露疑色，阿茕却一句解释的话都不曾说，开门见山地问管家："苍家而今是由谁当家，本官有要事与他商讨。"

管家丝毫不敢怠慢："二少正与夫人在膳房用餐，还请大人屈尊与小的走一遭。"

二少亦是何氏所出，大少不在，他便顺理成章地成了嫡长子来继承苍家家业。

不到半盏茶的工夫阿茕便见到了，她那同父异母的二哥。

苍家家主本就是梅城县出了名的美男子，何氏亦是个不可多得的大美人，这个爹妈都是俊男美女的二少却是不尽如人意，并不是说他生得有多丑，而是气质……着实过于油腻，以至于埋没了他本还算不错的容貌。

随着阿茕的猛地闯入，好端端吃着饭的苍家人突然变得十分安静。

阿茕率先开口打破这沉寂，却是一开口便惊起千层浪："本官此番前来别无他意，还请二少带上十名身强体壮的家丁与本官去趟苍山，本官要掘你家前任主母的坟。"

"啪！啪！啪！"

一连三双筷子落了地，桌上吃饭的苍家人竟是被阿茕的这番话给吓蒙了。

想想也是，大晚上的突然跑来一人，义正词严地与你说：给我喊些人，我要挖你家先人的坟。

不论是谁听了这番话都会觉着匪夷所思吧。

二少一口鲜笋卡在喉咙里，险些被呛到，他以一种十分古怪的目光盯着阿荭的脸，不由得思忖：这新上任的县太爷美则美矣，奈何是个脑子有问题的。

他犹自发着呆，尚未来得及做出答复，本还在低头喝汤的何氏又开始发疯，不停用勺子敲着碗，边敲边朗声高唱："要挖女鬼坟咯，挖咯，挖出一只被吸干血的女鬼……"

此时此刻的氛围本就有几分古怪，再由何氏这么一闹，所有人面色都不大好看，苍家二少欲言又止："这似乎有些不妥呀……"

"有何不妥？"

一个突如其来的声音代替了阿荭开口。

那声音是从门后传来的，寒冰碾玉般冷冽，偏偏又带着几分不容置疑的霸气，不必回头去看便知定是白为霜来了。

苍家人尚不知那玉冠束发的俊美公子究竟为何人，却被他那上位者的威压给生生压制得说不出话来。

阿荭嘴角一掀，勾出个懒散的笑，装模作样地分别朝白为霜及江景吾二人行了个礼："下官拜见世子，拜见郡公。"

阿荭话音才落，苍家人便哗啦啦跪了一地。

整个楚地也就白为霜一个世子，至于郡公……自然就是江景吾那厮了。那厮虽看着就一副十分不靠谱的模样，却是正儿八经的皇家血脉，他母亲乃是当朝长公主，故而待到他年满二十行了冠礼便被封做天水府郡公。

所谓官大一级压死人，这种话由世子说出口，完全不是阿茕一介县令所能比拟的。

甭管究竟妥不妥，苍家二少也只得点头如捣蒜地道："妥妥妥，这事自然是妥的，草民即刻照办！即刻照办！"

既然白为霜与江景吾都赶来了，阿茕也乐得清闲，连忙退居幕后，将一切都交由白为霜。

不得不说，苍家二少虽长得油腻，办事效率倒是高得出奇，不过片刻，便已召集二十名壮丁，护着白为霜等人浩浩荡荡往苍山上赶。

二十名壮丁的力量不可小觑，只花了一炷香的时间便将阿茕娘亲的棺给挖了出来。

所有人皆屏息凝神，等待开棺，棺中却空空如也，莫说一具完整的尸骸，甚至连半块骨头都不曾留下。

包括白为霜在内，几乎每个人脸上都露出了不可置信的表情，那非吵着要来看挖女鬼的何氏倒是非同寻常地安静，仿佛早已料到会是这样的结局。

阿茕第一个从震惊中抽出心神，她神色复杂，近乎失控地喃喃自语着："不可能……不可能没有……不可能没有。"

她的反应太过反常，顿时引起白为霜的注意，甚至连那油腻的苍家二少都忍不住撇过头，望了她一眼。从阿茕的初次登场到现在，他总隐隐觉着这知县看上去有几分眼熟，可当他去仔细回想时，却又怎么都想不起自己究竟在何处见过这样一个人。加之阿茕的反应着实有些激烈，他不由得侧目多看了阿茕几眼。

岂知阿茕的举动越来越奇怪，又连续道了三声不可能，疯了似的转头便跑。

这场变故着实来得太突然，以至于阿茕都跑得快不见了人影，方才有人反应过来究竟发生了什么。

白为霜沉着脸，一连喊了五声阿茕的名字，阿茕都未能停下步伐。无奈之下，白为霜只得又追了上去，徒留江景吾独自一人杵在原地干瞪眼。

若不是碍于江景吾仍在此地，苍家二少几乎就要破口大骂。

这都什么跟什么？说要挖人祖坟就挖，挖完了话都没一句人就跑了！他犹自气愤着，却忽见老管家目光呆滞地望向阿茕消失的方向，怔怔道了句："大小姐。"

老管家的声音十分之微弱，仿若在自言自语，若不是他恰好与苍家二少离得较近，怕是无人能听到。

此时的老管家兀自沉浸在往事里，全然不知自己这无意之举造成了多大的影响。

他这一声"大小姐"顿时叫苍家二少心中激起千层浪。

苍家再无嫡长女，能让老管家不由自主地喊上一声大小姐的，除却苍琼还有谁？

苍家二少一会儿望望兀自发愣的老管家，一会儿看看阿茕消失的方向，眼睛陡然一亮，其中闪过一抹诡谲莫辨的光。

白为霜与阿茕一直未归，众人不可能一直等下去。

苍家二少安顿好江景吾，才欲动身去找那老管家，谁知老管家竟主动找上门来，开门见山地与他道：那新来的县官大人极有可能是当年被苍家主母送给人牙子的大小姐苍琼。

苍家二少早就猜测到老管家的来意，听罢，很是倨傲地一掀眼皮子，道："本少早已料到此事。"

此言一出，本以为自己立下大功的老管家脸色骤变。

苍家二少"啪"的一声合上手中折扇，抵在石桌上敲了敲，沉吟片刻，又道："不过，你倒是说说，你如何得知的？"

老管家也不卖关子，如实说道："奴才瞧见了她右手手腕上的那道咬痕。"

"咬痕？"苍家二少将"咬痕"二字吞入口中细细嚼了嚼，着实闹不明白一道咬痕与苍琼究竟有何干系。

阿茕手腕上那道咬痕跟了她近十五年，罪魁祸首恰是苍家二少。

彼时的苍家二少尚且年幼，而今的他自然记不起十五年前为了抢夺玩具，险些将阿茕右手手腕咬断之事，他不记得，并不代表其余人也都不记得。

在老管家的提示下，他倒是隐隐约约回想起了此事，惶恐与不安亦随之涌上心头。

他几乎可以肯定阿茕便是当年的苍琼，却完全猜不透她为何要以这种身份再回苍家。

究竟是为报当年之仇，还是另有所图？

他越想越觉害怕，连同阿茕来到苍家所做的一切都令他细思极恐，不消片刻，他就已遍体生寒，偏生这时候，白为霜又恰好回来了。

亭外下起了细雨，沾湿白为霜月白的衣，他逆着清冷月光而行，独自一人穿过繁花盛开的庭院，犹如神祇降世。

白为霜这样的人就有着这般奇特的能力，不论途经何处，总能第一时间吸引所有人的目光。

苍家二少犹如看到了救命的稻草，他本就是个贪生怕死之人，全然顾不上老管家的目光，一个箭步冲至白为霜面前，"扑通"一声跪下，诚惶诚恐道："草民有一事要与世子大人禀报！"

二：白为霜颇有几分嗔怪地瞥了江景吾一眼，又叹口气，很是严肃认真地道："我真不是断袖。"

白为霜此人面冷、心冷，眼神更甚，目光扫来之时，苍家二少明显被冻得瑟缩了一下，几乎就要生出退却之意，他狠狠一咬牙，直言道阿茕乃是女儿身。

白为霜那双古井无波的眼顿时涌现出复杂难辨的情绪，之所以说复杂难辨，不过是因为苍家二少根本猜不准白为霜此时的心情，既非喜亦非怒。他甚至都有些后悔，不该如此冲动地出现在白为霜眼前，而今箭在弦上不得不发，他既无回旋的余地，便只能一口气将整件事的来龙去脉与白为霜说清楚。

甚至连阿茕的母亲，芸娘之死都一并与白为霜说了。

白为霜的脸色一点一点地沉了下来，用阴沉似水来形容都不足为过。

等了半天都未得到答复的苍家二少心跳如雷，生怕自己走了一步险棋。他焦躁不安地捏着衣角，时不时拿眼角余光去偷瞄白为霜。

又过了足足半盏茶的工夫，他头顶方才传来白为霜寒冰碾玉似的声音："还有谁知晓此事？"

苍家二少声音有些颤抖："还有……还有管家知晓。"

"不要再让第四个人知道。"

听闻此音的苍家二少如蒙大赦，忙不迭地磕头道好。

直至白为霜的背影完全融入夜色里，他方才从地上爬起，夜雨绵绵携着无尽的寒意，他的内衫都被冷汗浸透了。

这场夜雨越下越大，临近半夜已形成瓢泼之势。

消失许久的阿茕便是淋着这样的雨回到苍家大宅。她甫一推开房门，便见白为霜神色不明地坐在太师椅上定定望着自己。

此时的白为霜眼神太具侵略性，以至于阿茕生出了夺门而逃的冲动，她手紧紧扣住门框，生生压下一瞬间涌上心头的荒诞念头，甩了甩头，不停告诫自己，要保持镇定。

一直静坐不语的白为霜忽而掀唇一笑，毫无预兆地启唇喊了一声："阿琼。"

阿琼与阿茕本就同音，阿茕并未起疑心，神色依旧有些微妙。

白为霜凝在嘴角的笑尚未散去，又带了几分玩味，自言自语似的念了一声："苍琼。"

阿茕的心脏几乎就要停止跳动。

不知白为霜究竟有何用意的她当场僵在了原地。

白为霜那毫无起伏的声音再一次响起："听闻苍家那位被盗尸骨的主母名唤芸娘，生有一女，名唤苍琼。"

阿茕脸色变了又变，此时的她就像一尾被抛上岸的鱼，仿佛随时都会窒息，她嘴唇微微嚅动，几度张嘴欲说话，几度又合上。

白为霜本想当众揭穿阿茕，却在看到阿茕错综复杂的神色后突然改变了主意。

他心中自是有恨的，可又何曾见过阿茕露出这样的神情？

他不知这算不算得上是心软，只知自己是真遇上了克星。

是了，他永远都拿阿茕没办法，从前在杏花天时便是，而今更是。

思及此，白为霜不禁幽幽地叹了口气。

阿茕自然不懂白为霜这声轻叹中所包含的寓意，她试图像从前那般扬起笑脸对白为霜耍无赖，笑容才扬起一半，白为霜不含任何感情的声音又一次传来。

他道："芸娘尸首的消失绝非偶然，如若不出意外，必然会有人前来盗取另外二人的尸首。"

阿茕即刻从先前的恐惧中抽出心神，她道："所以……你想……"

余下的话不必再说出口，她已经明白白为霜将要做什么，倘若真有人来盗苍家家主及苍家大少的尸首，那么只要跟着盗尸之人，芸娘的尸首必然就能被寻回。

想通这一点的阿茕眼睛里突然亮起了光。

白为霜却不再开口说话，径直走了出去。

、

直至再也听不到白为霜的脚步声，阿茕方才转身合上房门，缓缓吁出一口浊气。

她本欲褪尽湿衣，直接裹着被子滚床上，却发现床上整整齐齐摆放着一套崭新的衣服，甚至十步开外的屏风后还冒着氤氲热气，竟是摆了一桶热乎的洗澡水。

这些自然都是白为霜差人准备的，阿茕多少也能猜出个大概，越发百感交集。

这一夜白为霜再也无法入睡。他晃晃悠悠地提着一壶不知从哪儿摸出来的酒，直奔江景吾房门。

江景吾睡得昏沉，任凭白为霜如何砸门，都未被吵醒。

也不知究竟是今夜太过不寻常，还是今夜的白为霜太过不寻常，白为霜竟弃门，选择了爬窗。

于是美梦正酣的江景吾便这般苦逼兮兮地被白为霜摇醒，甫一睁开眼，便见白为霜正满脸严肃地盯着自己。

本还有几分困意的他顿时睡意全无，一脸惶恐地捂住胸口，色厉内荏道："你……你做什么？"

白为霜竟一改往日做派，非但没露出鄙夷的表情，反倒拎出一壶酒在江景吾眼前晃了晃："陪我喝酒。"

江景吾哪里知道白为霜这是抽的哪门子的风，更何况他还困着呢，自不愿与白为霜瞎闹腾。

江景吾甩甩手，没好气地道："不喝，不喝，你小子赶紧出去，爷要睡觉！"

江景吾这逐客令下得够明显了吧，白为霜就跟没听到似的，睁大一双眼，直勾勾地盯着他。

江景吾见之无奈扶额，心道：这小子今晚究竟是怎的了？

该不会是喝了假酒吧？

否则，又岂会变成这副德行？

江景吾这厮犹自困惑着，却忽闻白为霜道："我心中有事，不知该与何人说。"

白为霜这话一落下，江景吾整个人都不好了，一脸蒙逼地盯着白为霜看。

真是奇了怪了，太阳打西边出来了？这厮不是最冷酷最无情最高傲吗，竟还有这般接地气、提着酒找人唠嗑的时候？

江景吾望着白为霜的目光颇有几分复杂，沉默半晌，终于勉为其难地从床上爬了起来，顺势还捞走白为霜手里的酒，仰头灌了一口。

结果白为霜那厮甫一开口，就叫江景吾喷了满床的酒。

他道："原来我不是断袖。"

江景吾被呛得厉害，眼泪都冒了出来，不停地拍着胸口咳嗽："咳咳咳……"

白为霜害得他险些被呛死，不仅不内疚，反倒颇有几分嗔怪地瞥了江景吾一眼，又叹口气，很是严肃认真地道："我真不是断袖。"

这时江景吾终于缓过了气，却再也不想和白为霜玩了，直接将酒塞回白为霜怀里，两眼一闭，很是敷衍地道："行行行，我知道你不是断袖，你若是断袖，天底下就没真断袖了。"

他本以为这样就能打发白为霜，结果人还是赖在这儿不肯走，捧起酒壶，猛地灌了一口，又换了种方式继续癫。

"我真的太高兴了。"这话说得毫无波澜，干巴巴的像是在念书，也不知他究竟高兴在哪儿。他说完这话又仰头灌了一口酒，"我真的太高兴，太高兴了……"

得了，这一次不仅声音干巴巴的，没任何感情，就连脸上也一派平静，不但没有任何表情，神态反倒越发的凝重，像是有人在逼着他不停地说这话似的。

　　白为霜酒量算不上好，却素来克制，故而，即便与他相识多年，江景吾也从未见过他喝醉的模样。

　　起先江景吾还以为白为霜只是突然抽风，渐渐才意识到，他这分明就是喝醉了啊！

　　江景吾连忙抢走白为霜怀里的酒壶，拧着眉头道："别喝了，别喝了，你都醉了，醉了呀！"

　　白为霜却一脸固执地摇摇头："我没醉，只是高兴。"语罢，竟像个孩子似的扑过去抢那壶酒，只是，才扑过来就两眼一闭，栽在了江景吾床上，最后还洒了江景吾一身的酒。

　　江景吾气得简直想把白为霜丢出去，最终只得幽幽叹了口气，很是哀怨地道："你倒是睡得香，老子压根就睡不着了啊！"

　　翌日清晨，白为霜甫一睁开眼，便见江景吾笑得一脸诡异地盯着自己，他笑容猥琐也就罢了，眼睛下还挂了两个硕大无比的黑眼圈，活像被人揍了两拳。

　　白为霜嘴角抽了抽，很是冷酷无情地把江景吾一脚踹下床。

江景吾"哎哟"一声惨叫，期期艾艾地道："你这是酒醒了就不认人啊！"

白为霜直接忽略这句话，面色阴沉地从床上爬起，居高临下地望着江景吾："昨夜我做了什么？"

江景吾"嘿嘿"一声淫笑："你猜啊！"

白为霜深知江景吾这厮的脾性，懒得再与他纠结昨夜发生的事情，于是，一眼刀甩去，面色冷若冰霜："昨夜之事若有第三人知道，我今日便启程去见你母亲。"

江景吾脸上的笑终于挂不住了，颇有几分咬牙切齿地道："呀，你这卑鄙小人！"

白为霜却已然穿好了衣服，大步地朝屋外走，只在转身关门的时候回头瞥了他一眼："哼！"

江景吾见之啧啧称奇，摇头晃脑地从地上爬起："想不到这小子竟也有这般气急败坏的时候，啧啧啧……"

江景吾的住处离白为霜的房间相距不远，转个弯便能遥遥相望，故而，白为霜才转了个弯，便见苍家二少像只无头苍蝇似的围在他门口乱转。

梅城这边的传统是人死后三日要封棺，过了头七就得入葬，苍家家主及大少的尸首都摆了整整四天了，再这样放下去非得腐坏不可，苍家二少便是被族人逼得来此与白为霜商讨此事。

经历过昨夜种种，苍家二少对这个传闻中的冷面俊世子几乎恐惧到了极点，短短几句话愣是被他说得磕磕巴巴，他越说越泄气，甚至都做好了被白为霜直接拒绝的准备。

岂知白为霜听罢，竟毫不犹豫地点头道好。

苍家二少简直不敢相信自己的耳朵，犹自愣在原地，白为霜已然绕开他，直奔阿茈所在之处。

白为霜这下倒也有几分纠结，起先想见阿茈的时候走得倒是急，真到了人房门口又踌躇着该不该此时敲门进去。

他的身体却比脑子更快一步做出抉择。

一连敲了五声，都无人回应，房门又并未关紧，白为霜不禁有几分担忧，连忙推门走了进去。

层层叠叠的帷幔下，隐隐约约现出阿茈的背影。

白为霜又往前走了一步方才看清，原来阿茈正在对镜束发。

本将所有注意力都集中在收拾头发上的阿茈忽觉背后有道炙热

的目光，猛地一回头，便见白为霜正神色古怪地望着自己。

那是一种她不知该以何言语来形容的神情，总之成功地吓得她手一滑，头发散了，木簪也掉了。

她很是不悦地抬头瞪了白为霜一眼，才欲开口责怪，白为霜竟一脸别扭地别开了眼，道了句冒犯，紧接着竟合上了房门，乖乖站在门外等待，徒留她一脸蒙逼地望着已然被关上的房门。

她总觉得今天早上的白为霜看上去十分奇怪，却又说不出究竟怪在哪里，只得摇摇头，继续对镜束发。

白为霜此番前来，正是为了告知阿茕今日苍家人将会封棺之事。

封棺的时辰定在未时三刻。

棺即将盖上之际，本不在场的何氏突然扫开众人，一路冲至灵堂前，却什么都未做，只怔怔望着那两口尚未封好的棺，眼泪毫无征兆地流下来，像断了线的珠串，滴答滴答落个不停。

她像是在竭力克制自己，身体却一直颤抖个不停，本就寂静的室内越发沉寂无声。不知究竟过了多久，她方才咧开嘴，说出从出现至今的第一句话——

"又有人要被恶鬼偷走吃掉咯！又有人要被恶鬼偷走吃掉咯！"

　　她又哭又笑，声音时而拔高，刺得人耳膜阵阵发疼；时而压低，诡异得叫人喘不过气。

　　苍家二少面上露出厌恶之色，又不好当着这么多人发作，只得悄悄地与老管家使眼色，叫他喊几个人来把何氏拉扯开，省得她在此处丢人现眼。

　　不知为何，阿茔总觉得何氏看起来有几分奇怪，从第一次见她到现在，仿佛她的每一次出现都是早已安排好的，说的每一句话都像是在刻意提示着什么，包括这一次，阿茔也不觉得是偶然。

　　她不禁撇头望了白为霜一眼，却见白为霜不着痕迹地朝她点了点头。

　　阿茔心中一喜，原来不只是她怀疑何氏在装疯卖傻。

　　只是她仍不明白，堂堂苍家主母为何要装疯，何氏究竟是看到了什么，还是说受人胁迫？

　　更另阿茔苦恼的却还是，究竟怎样才能判断出何氏到底是真疯还是假疯？

　　一场闹剧就此掀过。

江景吾早以要回家补觉为由提前回了天水府，阿茞则与白为霜用过晚膳后方才离开苍家。

说是离开苍家，实际上只是埋伏在苍家大宅外，而江景吾则是提前回天水府替白为霜调兵部署影卫。

当夜临近丑时，苍家大宅外忽而飘过两道黑影。

他们形如鬼魅，一路飞驰，直奔摆放苍家父子尸首的灵堂。

躲在暗处的阿茞眸光一暗，竟真有人跑来偷尸！

她紧紧捏起了拳，牙关紧咬，本欲差人围住灵堂，将那两名偷尸贼困住，白为霜却出手制止了她。

即便有天大的仇，她终究还是苍家血脉，自是不忍看到自己父亲与兄长的遗体被人糟践。

到底还是白为霜更沉得住气，从那两名偷尸贼出现，再到他们扛着尸撤离，他从始至终都神色不变。直至两名偷尸贼的身影完全消失在夜色中，他方才出声安抚阿茞，只是他这人说话素来简洁，即便是安慰人的话语，听上去也与平常无异。

他道："莫急，会有人跟在那二人身后，今夜折腾了这么久，也该累了，你先与我一同回天水府，那里还有一条线，等着你我来追踪。"

换作平日，阿茕定会惊讶白为霜竟能一口气说上这么多话，而今一门心思都放在自家人遗体的问题上，自是无暇去搭理白为霜。

阿茕与白为霜连夜赶回了天水府，抵达白为霜的世子府时，天已微微亮。

连夜赶路与未有停歇的折腾使得阿茕疲惫不已，她沾床便睡，再无多余的心思去挂念旁的事。

待到她一觉醒来，已至午时。

白为霜早在她门外候着，故而她一出门便冷不丁瞧见白为霜那张面瘫似的讨债脸。

尚未做任何心理准备的阿茕又是一怔，总觉着白为霜近两日看上去显得十分奇怪，却仍是闹不明白究竟怪在哪里。

她面上带着几分疑色，白为霜却难得主动开口，与她道，他昨夜所言的另一条线就在这世子府内。

第五章

城 郊 乞 丐 窝

一：是了，一个人即便心智不全，面对突然袭来的拳也会下意识地避开，而不是像失了明似的愣在原地。

那条线正是阿茕当日用枯骨砸晕的副将，一直被白为霜关在密室里。至于当日那只被人用鱼线钩住的鸡，白为霜也差人一并在尸坑附近找了出来。正如阿茕所预料，那只鸡被人喂了能致幻的毒蘑菇干，故而才会这般轻易地被一条鱼线所操纵。

阿茕听完白为霜的叙述，佩服幕后人手段高明的同时，又不禁开始思索那人究竟是敌是友。

任凭她如何去想都想不出个所以然来，索性开口去与白为霜探讨。

白为霜的观点倒是出乎她的意料，他竟将那放鸡引诱阿苊之人，与七年前放暗箭杀死古怪男子的那个人联系在一起。

依他所见，二者就是同一人。

七年前那人一箭射死半夜悬绳入尸坑的古怪男子，救阿苊与白为霜性命。这次看似在恶作剧，实则从头至尾都在给阿苊与白为霜提供线索。

阿苊听得瞠目结舌，她倒是从未往这方面去想，本还想再问仔细些，一直领着她往前走的白为霜却突然停下了脚步，道："我们到了。"

阿苊猛地一抬头，这才发觉自己竟被白为霜领到一间密室里。

那名被她一骨头砸晕的副将正两眼呆滞地望向前方，阿苊深知自己当日所用力度有多大，不禁有些心虚，暗自思忖：这人怎成了这副模样，该不是被她一骨头砸傻了吧？

她不由得前进一步，伸手在那副将眼前晃了晃，那副将犹自两眼发直，阿芫又换了种方式，拔下头上的木簪作势要去刺那副将的眼睛。木簪即将逼近副将眼睛的时候，他终于有了反应，连忙侧身躲开，且神神道道地念着什么。

他声音有些含混不清，又断断续续的，只能依稀听到"血莲现世，神祇降罪，大周将灭"几个关键词。

阿芫将这几个词来来回回细细嚼了几遍，忽而眼睛一亮，才欲与白为霜道，她曾在苍家家主书房内见过一幅血莲图。

去听到白为霜吩咐旁人："去苍家把何氏请来。"

阿芫险些溢出喉间的话又被生生压了回去。

一个半时辰后，何氏已然抵达世子府，仍是那副疯癫样，一会儿哭，一会儿笑，手舞足蹈，像个心智不全的孩童。

阿芫不知白为霜究竟有何打算，只见他在何氏到来后径直走向她面前，面色如常地盯着何氏看了半瞬，不带任何感情地朝她挥出一拳。

原本还在嘿嘿直笑的何氏顿时绷直了身子，眼睛一眨也不眨地僵在了原地，仿佛被这一下给吓傻了。

白为霜的拳在她眼前一寸处停下，薄凉的唇勾出一抹寒意彻骨的冷笑："你究竟还要装到何时？"

这一问，不仅仅是何氏，就连阿茕都有些呆愣，一时间竟有些反应不过来。

何氏依旧是那副痴痴呆呆的模样，阿茕在脑子里将白为霜方才的所作所为反反复复过一遍，方才后知后觉地意识到他究竟是在做什么。

白为霜大抵是从她先前逗弄副将时得到的启示。是了，一个人即便心智不全，面对突然袭来的拳也会下意识地避开，而不是像失了明似的愣在原地。

而这时候，本想继续装下去的何氏却已绷不住。她"扑通"一声跪在地上，面上露出悲戚的表情："还请世子大人开恩，民妇也是逼不得已啊……"

她就这般神色悲戚地跪在地上，一点一点回忆起当年之事。

大抵是十五年前，那时的苍家主母还是芸娘，而她则凭借优越的家世，一来便是苍家的平妻。

她与芸娘看似平起平坐，实则谁人不知真正掌主母之权的却是她。

有足够强大的家世做背景，她在苍家行事一贯嚣张跋扈，自她进门起，芸娘与尚且年幼的苍琼便未过过一天好日子。

明知芸娘对她而言无任何威胁，她却仍是将其视作了肉中刺、眼中钉，她日常的消遣便是想着法子来折腾那娘俩。

直至如今，她都还能清清楚楚回忆起那一夜所发生之事。

那夜恰逢苍家家主纳妾之夜，宅中宾客络绎不绝，她则又欲将一腔怒火发泄在芸娘身上。

约莫戌时三刻，天就要完全暗下来之时，她终于抵达芸娘所居的紫云苑。

那日苍家所有奴仆都在外院忙活，紫云苑中只余芸娘一人。

她气势汹汹迈步而来，却在即将推开芸娘房门之际停了下来。

芸娘房里的窗尚未完全合上，她能透过窗上的缝隙将屋内之景尽收眼底。

床上叠着两道人影，芸娘被一个裹着黑色斗篷的陌生男人压在身下，向来细声细语的她不停地发出令人毛骨悚然的叫喊声，血腥味透过窗棂一点一点地漫出，朝站在窗外的何氏疯狂涌来……

那一幕着实太过骇人，何氏足足愣了好几瞬，方才反应过来。

周遭并无奴仆，她既不敢大喊大叫亦不敢待在原地继续看下去，本欲悄悄逃离，那裹着黑色斗篷的男子却在她即将离开的那一刹猛地一回头！

那一刻，她的心脏几乎就要蹦出胸腔，身体先一步做出反应，连忙蹲了下去，躲在窗后的花丛里，紧紧咬住手指，不让自己发出一丁点声音。

她不知自己究竟在花丛里躲了多久，直至屋内再无任何声息，直至天之欲亮，直至奴仆回到紫云苑、发现芸娘冰冷的尸体时，她方才挪了挪已然僵硬的身体，跌跌撞撞地逃出紫云苑。

芸娘的死因太过骇人，即便何氏目睹了全过程，也不敢站出来为她说一句话。

芸娘的死就此成了一桩悬案，被当时的梅城县令给压了下去，而苍家则对外声称芸娘乃是死于恶疾。

那件事即便过了那么久，何氏仍是抹不掉心中的阴影，即便后来的很多天里一直风平浪静，她仍时不时梦到那一幕。梦见芸娘捂着不停流血的脖颈神色凄楚地质问她："你为何不救我？你为何不将真相说出口？我恨你！恨你！"

梦魇折磨得她夜夜无好眠，她甚至将怨恨与恐惧转移到年仅五岁的苍琼身上……

在后来的很多年里，她都未梦到过芸娘，本以为这件陈年往事将化作尘烟散去，却不想十五年后，那个裹着黑斗篷的男人又来到了苍家。

她本以为是自己眼花，结果，翌日便发觉自己相公死在书房里。不到一个时辰，向来被她视作心头肉的长子亦惨死房中，死状与当年的芸娘一般无二。她声嘶力竭地抱着儿子尚未凉透的尸体放声痛哭，却以眼角余光瞥到一截藏在屏风后的黑色衣袍。

那个吸血杀人的黑袍男子尚未离去！

那一刹，她的心脏仿佛被人狠狠捏在了手中，喉咙像是被铅块堵住，巨大的恐惧使她浑身发颤，不敢动弹。

十五年前芸娘惨死的画面陡然跃上心头，她的眼睛因恐惧而越睁越大，两眼一发黑，便直接栽倒在地，再无任何意识。

她昏迷的时间并不长，两个时辰而已。

两个时辰后，她已恢复意识，本该转醒，却在即将睁眼的一瞬间察觉到一股森冷的目光将自己锁定。

无边无际的恐惧犹如黑夜般笼罩着她，她甚至听到了那人寸寸逼近的脚步声，五米⋯⋯四米⋯⋯三米⋯⋯越来越近，越来越近，终于停在了她床畔。

寒意从脚底一路蹿至头皮。

屋外突然传来一声撕心裂肺的"娘亲"，那道阴冷的目光方才从她身上移开。

紧闭的房门被人猛地从外推开，二儿子与一众家奴顿时拥入房来，她方才悠悠"转醒"。

从那以后，整个梅城县的人都知苍家主母疯了。

这，便是整件事的始末。

说完这席话，何氏已泣不成声。

从未想过背后还隐藏着这样一件事的阿茕面色凝重，倒是白为霜从头至尾都未变过神色。

何氏被白为霜差人带去画师那儿描述黑袍男子的容貌。

阿茕幽幽叹了口气，询问白为霜下一步有何打算。

就在这时，被白为霜派去跟踪偷尸贼的影卫传来消息。

那两个偷尸贼的路线已经被摸清，他们兵分两路，去了两座不同的山，分别是阴山与云阳山。

阴山位于天水府的最东边，云阳山则位于天水府的最西边，恰好是两个截然相反的方向。

被运去云阳山的乃是苍家家主的尸体，被运去阴山的则是苍家大少的尸体，阿茕虽不能分辨其中究竟有何区别，心中却隐隐有个猜测。

她猜，她那与苍家大少一样被黑衣人吸血而亡的娘亲，定然也被带去了东方阴山。

以玄学的角度来看，东方属阳西方属阴，而佛学中又常说西方极乐净土。事情发展到如今，她甚至怀疑苍家家主与那黑袍裹身的凶手有着千丝万缕的关系。

不待白为霜再度开口说话，阿茕便已快速做出决策，她道："我去阴山看看。"

最后几个字甚至都还在她舌根打着转，她便一阵风似的冲了出去，白为霜即便想去阻止都来不及。

阴山与风景秀美的云阳山不同，山如其名，是座彻头彻尾的阴气飕飕的荒山。

阿茕一路策马飞奔，终于在山脚下找到一户农舍。

农舍外弥漫着一股子若有似无的香味，阿茕吸吸鼻子，闭上眼睛细细分辨一番，她能闻出那是花椒与劣质檀香混杂的味道。她即刻翻身下马，站在农舍半人高的篱笆外张望着，隔了半晌方才喊道："可有人在家？"

不过须臾，那甚是简陋的茅草屋内便走出一个拿着斧子的樵夫，瞧见阿茕站在门外，立马将斧子收了起来，很是热情地询问阿茕是来讨水喝的还是来歇脚的。

阿茕不动声色地扫了那樵夫一眼，粲然一笑，道："既要喝水又要歇脚，谢过老伯了。"

阿茕嘴甜又活络，不足片刻便已和那樵夫聊了起来。

待到阿茕将话头转至阴山时，樵夫那两道杂草似的眉全然皱成了一团，颇有些讳莫如深地与阿茕道："俺劝你还是莫要再往山上走了。"

阿茕一听便来了兴致，问道："为什么？"

樵夫神色不明，欲言又止道："这山啊……有些古怪。"

"古怪？"阿茕挑了挑眉，旋即朗声一笑，"光天化日，朗朗乾坤，这山还能吃了陆某不成？"

"哎……你这年轻人啊……"为了劝住非要往山上闯的阿茕，

樵夫终于说出了实话，"你是打外地来的，或许还不知这阴山闹鬼的事吧。"

阿茕确确实实是才从外地回来，也从未听过阴山闹鬼之事，不禁点了点头，道："愿闻其详。"

这阴山之所以被唤作阴山也不是没有原因的。

樵夫道："原来这里本是一座专埋死人的坟山，即便是燥热的夏夜上山都能感到冷飕飕的阴气。从前倒还好端端的，没出过任何事，约莫是十五年前，这座山突然就变得十分古怪，像是会吞人似的。"

说到此处，樵夫停下，意味不明地瞥了阿茕一眼，方才继续道："那是临近清明的一个雨夜，当天夜里有三个来自外地的青年男子特地赶来上坟，由于在路上耽误了些时辰，他们赶到时已是深夜。结果啊，那三个青年男子上山后，嘿，就全都失踪了，活不见人死不见尸，就像是被这阴山给吞了似的。总之，从那以后，这阴山一带总有人突然失踪，全都是上去就没了。"

樵夫没说的是，阴山山脚下住的人本就不多，又总是发生这种事，渐渐地大部分的人都搬走了，只剩他与另外几户人家。

阿茕听罢，又拐弯抹角地问那樵夫那些人失踪的具体时间。

樵夫摇摇头："俺也不晓得，反正年年都有人失踪，还都是夜里失踪的。所以，年轻人啊，眼下都快要入夜了，你可千万莫往山上跑。"

阿茕听罢点点头，璀璨一笑："陆某晓得了，多谢老伯。"说完这话，她便将茶碗还给了樵夫，起身告辞。

直至阿茕的背影完全消失在枯枝的缝隙里，那茅草屋内方才又走出一人，那人与樵夫一样穿着粗布缝制的短打，目光阴郁地望向阿茕消失的方向。

樵夫瞥了他一眼，继而摇头，道："那小子的穿着和周身气度，一看就不是寻常人，八成是个出来游山玩水的富贵人家公子，吓跑就好，不要招惹是非。"

与此同时，已然走出樵夫视线范围的阿茕勒马停了下来，回头望了眼那全然被枯枝遮蔽的茅草屋。

这里果然有古怪。

那樵夫的话定然掺了假，她在天水府待了这么多年也从未听过这等奇事，更遑论院外还弥漫着那股子若有似无的香味。

檀香的作用无非是熏香除臭，其间却掺杂着花椒味……

众所周知花椒味辛，即可防虫又可防腐，倒是鲜有人知它还能用以除尸臭味，历代帝王的棺木中都会加入花椒与龙脑等香料。

阿茕缓缓垂下了眼睫，猜想着那间茅草屋内大概藏了不少尸体，否则又岂会花费这么大的手笔。

既然察觉到此处有异，她就更不会轻易离开。她下山找人借了笔墨纸砚给陆九卿传了一封书，又买了些瓜果及香烛纸钱，只等天完全黑下来，再上山去探寻。

正如那樵夫所说，阴山乃是一座坟山，隔三岔五便能钻出一座坟来。

眼下天已全黑，阿茕提着一盏纸灯，孤身上阴山，越往山上走越觉夜风寒冷，一股子说不清道不明的森冷阴气顺着脖颈直往衣服里钻，冻得她直打寒噤，全身汗毛都竖了起来。

在走了近三分之一路程的时候，阿茕终于冷静下来，决定放弃。

今日并非全然无收获，起码她已得知这山上有古怪，以及那茅草屋内的樵夫绝非普通人。既然如此，她又何必一时冲动，在不能确定能否全身而退的时候贸然行动。

全然理清思路的阿荦，终于决定收手下山，却在转身之际听到
不远处传来一个粗声粗气的嗓音：

"去他大爷的！大晚上的又被拽起干活，还让不让人睡啊！"

听闻此声的阿荦连忙吹灭纸灯中的蜡烛，小心翼翼将头伸出去
偷看。

约莫二十米开外的一座坟前坐了两个衣衫褴褛的男子，由于此
时的光线太过微弱，阿荦只能依稀看到他们的穿着，却无法看清他
们的容貌。

那座坟包，显然是座才堆不久的新坟，阿荦之所以得出这个结论，
正是因为那座坟包不似周遭的坟那般长满野草，甚至连泥土的颜色
都与其他坟不一样，加之坟前还有尚未燃尽的蜡烛，而今尚未至清明，
鲜有人会这么早来扫墓，故而阿荦才会猜测这定是一座新坟。

至于那两个衣衫褴褛的男子究竟是干什么的，也能从他们丢掷
在一旁的锄头与铁锹猜测出个大概。

另一个男子很是随意地抄起坟前的一枚鲜果往嘴里塞，边吃边
含混不清地道："少抱怨，先垫垫肚子，待会儿赶紧挖，定要在天
亮前把里面那玩意儿给挖出来，送去圣地。"

这个声音于阿茸而言并不陌生，正是她下午所遇到的那个热情樵夫。

二：连他自己都不知自己究竟因何而怒，又到底为何而怨，只莫名觉着心中不痛快，一股无明业火腾地在胸口燃烧开。

阿茸神色一凛，又临时改变了主意。

此时此刻，即便她想走，怕是也无任何办法能保证她走的时候不发出任何声音，况且此时的她还不能点灯，须得摸黑离开。既然如此，她倒不如守在此处暗中观察，看他们口中的圣地究竟在何处。

思及此，阿茸便屏气凝神，坐在此处窥视。

约莫一个半时辰后，那两个男子方才刨出坟中棺木，继而以工具撬开棺木，将棺中尸体装入麻布袋中。

二人虽懒散，动作倒是利索，未过多久便又将那棺木给合上，开始堆土复原那坟包。

一直躲在暗处暗中观察的阿茸，甚至都能联想到十五年前，她娘亲尸骨被盗的画面。整个过程她都咬牙切齿，竭力压制住自己的怒火，心中却在不停咒骂这群畜生。

又过了半个时辰，那两个男子方才堆好坟包，抬着装尸麻袋径直往山上走。

阿茕看了眼二人离去的方向，并未尾随，直至再也听不到那二人的脚步声，她方才起身，往山下走。

阿茕并非无脑之人，就她那三脚猫的功夫，不消片刻就能教人发现，届时莫说找不到娘亲的尸首，能否有命回都不一定，独自跑来阴山本就已够冲动，而今既已摸清方向，倒不如先收手，明日再找个借口将白为霜引来此处。

阿茕这如意算盘倒是打得响，却不曾料到，她才走至山脚便遇到了白为霜。

大半夜的突然冒出个人影，还是一袭白衣满身煞气的那种，换谁看到都会被吓一跳。

直至那浑身煞气浓郁到像入了魔似的白为霜步步逼近，阿茕方才恍然发觉，眼前这尊凶神竟是老熟人白为霜。

阿茕连忙咧开嘴，上前一步道："原来是世子大人，可吓死下官了。"

阿茕话音才落，白为霜便垂下了眼帘，阴恻恻地扫她一眼。

这一眼扫来，几乎教阿茕浑身汗毛竖起，仿佛有无数根细如牛毛的冰针往她毛孔里扎。

从前她也不是没见过白为霜发怒的模样，却无一次似如今这般令人生畏。

白为霜冰冷的视线已然定格在她脸上，她竖起的汗毛久久不曾软下，甚至连头皮都在阵阵发麻。

她不知白为霜今日究竟是怎的了，试图掌控话语权，毫无隐瞒地将自己今日所见都与白为霜说了一遍。

她条理清晰、言简意赅，边说边偷偷打量白为霜的神色，却见他从始至终都板着那张阎罗王似的勾魂索命脸。

阿茕把要说的话都给说完了，他老人家仍如磐石似的杵在那里，既不说话也不动，以实际行动告诉阿茕，而今的他很是不爽快。

阿茕不禁开始怀念当年那个被她耍得团团转的白为霜，触景生情，悠悠叹了口气："唉……"

然而，连一口气都未能完整地吁出，白为霜这厮竟二话不说便拽着她往山下走。

是可忍孰不可忍，阿茕终于被白为霜这一连串莫名其妙的举动给惹烦了，再也不想去顾忌他的身份，一把将其胳膊甩开，语气不善地道了句："世子大人这是要做什么？"

"做什么？"白为霜冷笑着将那三个字给复述了一遍，"这个问题该由本王质问陆大人才对吧！"

他的重音完全落在"本王"与"陆大人"五个字上，摆明了就是在提醒阿茕，莫要忘了他们而今的身份。

阿茕又岂会听不懂，这一下倒是彻底拉回了她的理智，从前在杏花天的时候倒是真正意义上的人人平等，大家都是同窗，并无贵贱之分，而今却不同，她不过是陆九卿的棋子，一个芝麻绿豆大的七品县令。

可他白为霜呢？楚国世子，将来必然继承楚国公之位的人上人。

她凭什么觉得自己能对他甩脸色？就凭借从前的那点点交情？

简直得意忘形！

兴许是意识到自己方才的话说得重了些，白为霜面色终于缓了几分，声音却仍是那般干巴巴的，他道："你这般乱来只会徒送性命！根本取不回你母亲的遗骨。"

他因何而气?

终究还是因阿茕这般不顾性命地乱来。

他不说,阿茕又何以知晓?

阿茕反倒因他这句无意之话而紧绷起身体,面色僵了近两瞬,方才再度舒展开:"你都知道了。"是陈述句而非疑问句。

其实,她早就怀疑白为霜已然知道,只是依旧抱有侥幸心,在自欺欺人罢了。

白为霜嘴角紧抿,不曾作答。

阿茕莞尔一笑,自言自语似的道:"不然你那时候又为何这般突然地唤了声苍琼。"

她嘴角的笑意越扩越大,几乎可以称之为璀璨,只可惜眼中并无丁点笑意,生生暴露了她的情绪,她一字一顿,璀璨笑意转换成痞气:"我无从解释。"稍作停顿,复又道,"只想知道,你究竟从何得知我的身份?"

白为霜面色不变,只言简意赅地道了两个字:"手腕。"

阿茕听罢,下意识将自己的右手往衣袖里缩。纵然白为霜只道了两个字,她仍能凭此猜测出,泄密之人究竟是谁。

只有苍家人才会记得那件事,而苍家人中最有可能记住此事的,不是当事人便是当时在场之人。

结果不言而喻，她藏了这么多年的秘密竟因这么小的一件事而暴露。

白为霜还在静待下文。

阿苨却毫无征兆地跪下，朝他磕了个响头。

她这辈子很少主动求人，而今只求白为霜能给她找出娘亲尸骨的时间，此后任凭他如何处置，她都无怨无悔。

白为霜身上的寒气却越来越盛。

连他自己都不知自己究竟因何而怒，又到底为何而怨，只莫名觉着心中不痛快，一股无明业火腾地在胸口燃烧开。

他与阿苨相识十余载，同房七八年，到头来，她又将他视作什么来看待？

"两个月。"白为霜声音冰冷彻骨，如从寒冰地狱传来，"本王只给你两个月的时间。"

本是面如死灰、不抱任何希望的阿苨瞬间喜笑颜开，忙不迭道谢。

白为霜却觉得她这笑刺眼无比，逃也似的转身离开。

白为霜走了，阿茕并未即刻跟着离开。

聚在面上的笑意寸寸瓦解，她颇有几分惆怅地杵在原地，犹自纠结着，要不要与陆九卿禀报她身份败露之事。

从始至终，她都只是陆九卿的一颗棋子，她纵然再不愿承认，却也是无法反驳的事实。

短短一瞬之间，她心里已经百转千回，终究还是下了决心，决定不与陆九卿禀明此事。

白为霜给出的时间着实太短，短到她已分不出心去搭理旁的事，短到她也无暇去关心自己的生死。

次日上午。

阿茕换了身粗布衣衫，假扮成来阴山上坟的民女。

她这次特意乔装打扮了一番，从前扮男装的时候总需用螺黛将眉加粗，画出几分英气，而今她已恢复了女装，眉毛自然画得又细又长，宛如两片笼在烟雾中的柳叶。

乔装打扮后的阿茕气质骤变，即便再撞上先前那个樵夫，也不一定能将她认出。

阿茕抵达阴山山脚的街道时，已至午时。

她一路风尘仆仆，赶到阴山山脚时，早已饥肠辘辘，而今距离清明尚有段时日，山脚下并无多少过往行人，她顺着萧条的青石街，一路漫无目的地走着，终于在某个拐角处寻到一家还算干净的面馆。

她心中一喜，连忙提着纸钱香烛等物走了进去，准备填饱肚子再上阴山。

面馆的生意简直清冷得可怕，放眼望去，除却阿茕，便只有一个十六七岁的少年。

少年穿了一身粗麻缝制的短打，低头坐在那里吃面，阿茕不过是随意扫了他一眼，他便警觉地抬起头来，目光阴鸷地望着阿茕。

阿茕方才的那一眼实属无意之举，无奈之下只得朝那少年抱歉一笑，无声表达自己的歉意。

也不知究竟是阿茕笑得太过诚恳，还是那少年本性如此，见阿茕朝自己笑，便也回以一笑。

他笑起来的模样与不笑的时候俨然两个人，不笑的时候总给人一种暴戾乖张之感，整个人像是都笼在一团黑雾之中，仿佛随时都有暴起取人性命的可能。

而他笑起来的时候，整张脸都舒展开，先前的阴郁之气一扫而空，眉眼弯弯，无忧也无虑，竟有种不谙世事的童真感，甚至嘴角还现出两个甜糯的梨窝，哪还能教人联想到他先前那副模样。

兴许是因为这孩子前后的反差太大，以至于阿茕半晌都未能缓过神来，店伙计终于在她身边站得不耐烦了，若不是瞧她生得好看，怕是早就破口大骂了。

阿茕纠结着该点什么面时，那少年已然吃完整碗面，刚准备招手唤小二来买单，面色又是一变。

阿茕吃过一次亏，虽依旧对这少年感到好奇，却再未那般赤裸裸地盯着他看。在阿茕的眼角余光里，少年悄无声息地挪开椅子站了起来，正蹑手蹑脚地往门外溜。

他的动作格外小心，怪只怪店外突然有人朝小二吼了一嗓子，道："哟，你家今儿个终于接了两单生意咯！"

屋外吆喝之人恰好是这家面馆的死对头，小二登时便回过头去冲那人骂道："关你这没腔眼子的臭王八屁事！"

店小二不回头去骂倒好，一骂整个人都炸成了炮仗，也不管自家店的死对头是否正杵在门外看热闹，连拉带扯地将那一只脚已迈出门槛的少年拽了进来，朝他劈头盖脸一通骂："狗娘养的小杂种，还想在老子的店吃霸王餐不成？"

换作平常，阿茕定不会花时间来管这等闲事，怪只怪她比那双手叉腰、呈圆规状的店伙计更懂识人。

那少年虽被他拽着领子一通骂，周身气势却不输那喋喋不休、骂骂咧咧的店伙计，非但无一丝羞赧之意，反倒嘴角一勾，露出个意味不明的笑。

他这一笑叫本该悠闲看热闹的阿茕心中一悸。

这孩子分明是在笑，却莫名给她一种危险至极的感觉，就像一条龇着獠牙、即将出击捕猎的阴冷毒蛇。

这样的孩子阿茕还是头一次见。

遍布周身的戾气连她看了都觉心生畏惧，那店伙计却迟钝如斯，犹自叉着腰，不停地骂。

少年周身的戾气已越聚越浓郁，凝在嘴角的笑意亦越发森冷，阿茕看得提心吊胆，生怕他下一刻就会暴起杀人。

阿茕再也不能以一种看热闹的心情继续围观下去，连忙起身拍拍那店伙计的肩，掏出两枚铜板，朝他粲然一笑："这孩子生得这般机灵，又岂会做出这等事。我瞧呀，他八成是忘了要付钱的事。"

她一语罢，撇头望了眼神色不明的少年，笑意盈盈道："你瞧我说得可对？"

阿茕明显是在给那少年找台阶下，少年又岂会不知道，却偏生不愿好好顺着杆下，饶有兴致地挑眉瞥阿茕一眼，颇有几分轻佻地道："小姐姐你人可真好。"

这话听上去像是没有任何问题，只是这臭小鬼的语气着实令人不喜。

所幸阿茕也是个脸皮厚的，倒不会因这种事而动怒，神色淡然地回了句："应该的。"说完又坐回先前的位置上，召唤店伙计给她端面。

店伙计还真是个不知死活的，即便收了阿茕的钱，仍对那少年无任何好脸色。

而阿茕之所以替那少年买单，不过是怕店伙计惹祸上身，结果那伙计还是这般不识好歹，阿茕也懒得去管，心中暗骂一声"蠢"，便开始埋头吃面。

至于那少年，阿茕本就对其无任何好感，自打面上了桌，便再未拿正眼瞧过他。

说起来，那少年倒也是奇怪，都闹成这样了，还能死皮赖脸待在面馆里不走，眼睛一眨不眨地盯着阿苨看。

阿苨被这小鬼盯得浑身鸡皮疙瘩都要起来了，实在没法忍受的她不禁抬起了头，望了那少年一眼。

那少年却突然弯唇，朝她一笑，道："多谢小姐姐。"

阿苨并无搭理那少年的打算，颇有几分冷淡地点了点头，又将脸埋回面碗里。

兴许是瞧出阿苨并无搭理自己的打算，少年又笑着看了阿苨几眼，方才起身离去。

确认那少年已然离开，阿苨方才搁下面碗，连忙结账，提着香烛纸钱往阴山上赶。

阿苨这次之所以选在下午来，不过是出于安全考虑。

她顺着昨日的路，一路往山上走，却是怎么都找不到那两个男子口中的圣地。

阴山虽不高，却也十分陡峭，不过半个时辰，阿苨便已走得脚痛，索性一屁股坐在山石之上歇息。

她犹自垂着眼睫回忆昨夜的路线，身前却突然笼来一道黑影，她猛地抬起头来，却见在面馆里偶遇的那个少年正笑吟吟地望着她。

这少年天生一张讨喜的娃娃脸，笑起来的时候嘴角还会现出两个甜甜的梨窝。若不是阿芢见识过他先前那副模样，十有八九要被他的笑容所迷惑。

阿芢尚未想好要与那少年说什么，那少年便又笑着凑近了几分，道："这位姐姐一直在山上转悠，可是迷路了？"

看似简单随意的一句话，所囊括的信息量却相当之大。

阿芢顿时就变了脸色，目光不善地望着那一脸天真的少年："你跟踪我究竟有何目的？"

少年既然知道她一直在山上转悠，又这般恰好与她相遇，除了一直在跟踪她以外，她再也找不出别的理由。

少年不为所动，反倒一脸无辜："我可没跟踪你，不过正好顺路，便一路看着你鬼鬼祟祟围着山头乱转。"

阿芢的直觉告诉她，眼前这少年绝对不简单，在尚未摸清其底细之前，她并不打算暴露身份，只得解释道："我是在找娘亲的坟茔。"

少年听罢，一副全然不信的神色，道："笑死人了，普天之下竟有连自己母亲坟茔都找不到的人。"

　　阿茕着实不想与这小鬼继续纠缠下去，又道了句："爹爹临终前只与我说过，娘亲的坟茔在阴山上，除此再未说其他的，我找不到不也正常？"

　　本以为这样便能打发那少年。

　　倒是阿茕掉以轻心了，少年听罢，又是一笑，只是这次笑意明显未达眼底，他话语里隐隐带着几分调侃之意："这位姐姐你倒是不见外，无缘无故便与我这陌生人解释这么多，这又是为哪般？"

　　阿茕心中一震，没想到自己竟落入这小鬼的圈套，当下再也没有要与其交谈下去的意思，佯装生气地狠狠瞪了他一眼，道了句"懒得搭理你这小鬼"，提着纸钱香烛便走。

　　少年仍笑嘻嘻地站在她身后追问："小姐姐，你莫不是恼羞成怒了，否则跑什么呀？"

　　阿茕又岂会回他的话，越发加快了步伐。

　　直至阿茕的背影完全消失在视线里，那少年面上方才恢复正经，一点点敛去浮在脸上的笑意，目光阴沉地望向阿茕所消失的地方，也不知在想些什么。

　　片刻后，便有个衣着邋遢的男人打树林后钻出，一脸谄媚地瞅着这少年，很是殷勤地道："这小娘们的行踪可疑得紧，可要属下去一探虚实？"

少年不曾言语，只是微微颔首，那男人便会意，像条灵活的蛇似的，"嗖"的一声钻入树林里。

第六章

深 夜 狗 肉 香

一：那少年却又换了副神色，笑意寸寸蔓延，他眼睛里满满都是恶意的挑衅："今日就此为止，咱们后会有期……慢慢玩。"

自从被那少年骚扰后，阿茕在阴山之上走得越发小心翼翼。

她提着纸钱香烛等物又围着山顶找了足足一整圈，仍是未能找到所谓的圣地。

有了先前被人跟踪的经历，这次她比之前要走得更谨慎，边走边用眼角余光去感受，是否有人在继续跟踪自己。果不其然，未过多久她便发觉有人尾随自己。那人一路跟得很紧，不论阿茑走得快还是走得慢，他都能悠然跟在她身后，也不知他究竟有何目的。

阿茑暂时辨不清尾随者是敌是友，也无从确认是否还是那少年，心中着急，面上却依旧装出副急切的样子。

只是今日怕是就到此为止了，先不说凭借她一己之力能否找到那所谓的圣地，即便真让她找到了，怕是连有没有命下这阴山都不得而知。思及此，阿茑直接舍弃了再寻圣地的念头，随意寻了个碑文已模糊到完全看不清上面的文字，且爬满杂草，明显就无人来祭拜的墓，"扑通"一声跪了下去，嘶声哭喊着："娘，女儿来看你了！"

随着她这么一跪，紧随其身后的脚步声陡然停了下来。

她跪在坟前，一边组织着语言絮絮叨叨与这座完全不知葬着何人的坟茔说话，一边斜着眼，用眼角余光观察身后之人的动向。

她既不知那人的目的，自然就不敢轻举妄动。她声嘶力竭地在坟前号了老半天，身后之人都无任何动静，一直都不曾进行下一步。

如此一来，阿茑倒也有了初步判断，首先排除掉那人是劫匪，想半路打劫抢人钱财的可能性；其次，又排除那人想取她性命的可能；最终，阿茑将那人与昨夜的挖坟人联系在一起，乃至今日所遇到的那个少年，她也隐隐觉着他定然与那两个挖坟人有着千丝万缕的关系，指不定他们还就是一伙人，只不过阿苪暂时缺乏证据来证明这个推测。

已然打定主意要下山的阿苪又号了几声，方才给那座无名氏的坟上了一炷香，又不着痕迹偷偷观察一番，才挽着竹篮，三步一回头地往山下走。

阿苪回到天水府的时候已至黄昏，她才欲往世子府赶，一只巴掌大小的夜鸦便径直朝她飞来。

这只夜鸦恰是她与陆九卿的传讯工具，既然它来了，也正说明陆九卿回了她先前传出去的信。

她不动声色地将周遭打量一番，确认四周无人后，方才解下绑在那夜鸦腿上的竹筒，取出一张寸许大的字条，上面只简略写了一句话："城中乞儿有古怪。"

短短七个字写得没头没尾，阿苪根本不知究竟这是在回复她先前寄出的那封信，还是陆九卿下达的另一个指令。

阿苪拧着眉头思索片刻，便随手将这张字条给毁了，直往世子府所在的方向走。

　　她抵达世子府已是一盏茶时间以后，纵然世子府的管家与阿芫已混熟，见到穿女装的她仍是一愣，半晌才反应过来，这竟是陆大人。

　　阿芫寻白为霜心切，管家又是个能藏得住情绪之人，以至于见到白为霜那一刻，阿芫都未能反应过来自己仍穿着女装。

　　更令阿芫意外的是，陆九卿今日竟也在世子府。

　　阿芫毕恭毕敬地朝白为霜行了个礼，方才笑吟吟地望向陆九卿。

　　陆九卿神色不变，倒是白为霜见着阿芫这样一副打扮神色颇有些古怪，他三言两语打发走了陆九卿，拧着眉头对阿芫道："你怎么穿成这样？"

　　他这话语里满满都是嫌弃，也不知他究竟是在嫌弃阿芫穿女装，还是在嫌弃阿芫这一身太过邋遢。

　　阿芫又不是白为霜肚子里的蛔虫，自然不晓得白为霜究竟在嫌弃什么，也懒得去纠结他到底在嫌弃什么，才欲与其说自己今日所见所闻，他便正了正神色，道："你来得正好，本王恰有事要与你商讨。"

　　阿芫刚欲说出口的话，又一下子被咽回了肚子里。

楚地向来潮湿多雨，临近的建宁县已然闹了洪涝，近日已陆陆续续有灾民逃至天水府，再过几日怕是会来得更多。

白为霜要与阿茕商讨的便是，叫她混迹在灾民中，想法子打入天水府城内的乞儿窝内部。

白为霜说是与阿茕商讨此事，却全程都皱着眉头，一副十分不愿让阿茕去办此事的模样。

这事恰好与陆九卿回的那句"城中乞儿有古怪"相对应，此外陆九卿又恰恰好在此处，着实让阿茕心生怀疑，怀疑这个决定究竟是白为霜做的，还是陆九卿做的？可若是陆九卿做的决定，白为霜又为何要照做呢？

阿茕一时间想不通，紧接着又听白为霜解释了一句，原来他上次埋下的眼线已经摸到乞儿窝与吸血案有着千丝万缕的联系。

阿茕郑重其事地点了点头，刚欲转身离开，又被白为霜喊住，停了下来。

她茫然回首，却听白为霜道："潜入乞儿窝时，你莫要再穿女装了。"

白为霜这话说得没头没脑，却叫阿茕如遭当头棒喝，她竟一直都没反应过来，自己而今穿的是女装！

所以，她方才就这么大剌剌地穿着女装在白为霜与陆九卿二人面前瞎晃！

所以，白为霜到底知不知道陆九卿已然知晓她的身份，而陆九卿又可知晓白为霜已识破她身份之事？

阿荧莫名觉得自己整个人都不好了，简直恨不得将自己掐死来泄愤。

她本欲开口解释，微微张着嘴，欲言又止地望了白为霜半天都未能解释出个所以然来，只得作罢，更遑论白为霜也一副不想与她多说的模样。二人眼神才撞上，他便回以她一个白眼。

阿荧更觉无奈，不明白自己怎么又招惹这位大爷了。

用过午膳后，阿荧便马不停蹄地连日赶至建宁县。

建宁县果然被大水淹得彻底，阿荧目之所及处皆苍茫，她缓缓吁出一口浊气，寻了个人少的地方下水。

而今尚未入夏，冰冷的河水漫过胸口，寒意瞬间钻入骨缝里。

阿荧冻得直打哆嗦，手臂紧紧地抱住一根漂浮在水面的圆木，直喊救命。

　　瓢泼般的大雨仍是下个不停，阿茕不知自己究竟呛了多少口水，亦不知自己究竟抱着这根圆木喊了多久，只知天将暗下来之际，终于有人伸出一根竹竿，将她拉到岸上去。

　　白为霜只是让阿茕混入灾民中，并未叫她这般做，她却觉着，既然都已经开始做戏了，便要将整场戏做全。她这般做所耗时间虽多，甚至极度危险，却给自己制造了充足的证据。这样的天灾之后，建宁县大多数的户籍定然都被大水冲走，即便有人怀疑她身份作假，也拿不出任何证据，她反倒能将今日所见的所有人都变作她的目击证人。

　　救阿茕的是个年近三十的粗汉子，嗓门大心却细，瞧阿茕面色苍白脚步虚浮，连忙将其背至一间临时搭建的草棚中。

　　草棚中燃着火堆，火堆旁围了近十人，有老有少，皆是受难的建宁百姓。

　　雨下至半夜便停了，蜷缩在茅草棚中睡得正酣畅的阿茕突然被人摇醒，原来这伙人打算趁着雨停了，连夜赶往天水府。

　　阿茕的目的便是混进灾民中再潜入乞儿窝，连夜赶路什么的虽令人痛苦了些，她却对此无任何异议。

　　一旦入夜城中便会设宵禁，这伙人时间倒是掐得准，天才刚刚亮，他们便已赶至城楼下。

　　近些日子已陆陆续续从建宁赶来好几批灾民，镇守城门的将领非但没将这伙人赶出去，反倒告知他们，楚世子在哪些地方开仓施粥，叫他们快些赶去打粥喝。

　　近段时间阿芫都与这伙人混在一起，白日里与他们一起领粥喝，夜里一同睡在临时搭建的草棚里。

　　阿芫不比这些来自建宁县的平头百姓，打她头一次开始领粥喝，便发觉人群中有双暗中监视他们这伙人的眼睛。

　　那双眼睛究竟来自何方势力，她也不得而知，只是暗自庆幸打一开始便选对了路。

　　这样的日子一连过了三日，直至第三日入夜，那双暗中观察的眼睛方才按捺不住，终于撒网开展行动……

　　阿芫向来就有早睡的习惯，一贯睡得早的她又早早陷入了香甜梦乡，犹自睡得昏沉之时，感觉有个人在拼命将她摇醒。

　　她茫然睁开眼，挣扎了好一会儿，方才看清楚眼前之人，于是，颇有几分不解地问："怎么了？"

　　将她摇醒之人名唤二丫，正是那个救她的粗汉子的女儿，今年刚满十岁，很是喜欢黏着阿荛。

　　二丫神秘兮兮地拽着阿荛的胳膊，压低了声音道："我也不知道到底发生什么了，可大伙儿都悄悄往那儿钻，我便想叫你一起去看看。"

　　而今正值深夜，二丫的父母皆睡得香甜，阿荛虽很不愿意去与二丫折腾，但耐不住她撒娇，只得摇摇脑袋，起身跟着二丫走。

　　跟着二丫越往前走，越觉前方肉香扑鼻，阿荛不禁吸了吸鼻子，不足片刻便已分辨出此乃狗肉香。

　　她心中尚有困惑，不明白大晚上的会有谁跑来此处炖狗肉，二丫已然止不住地咽口水，加快速度领着她走，边走边道："快到了，我方才看到铁柱他们就是从这儿拐弯的。"

　　此时此刻，阿荛的睡意已然完全被冲散，已然清醒的她本生出了退却之意，下一瞬却被二丫领着拐了个弯。弯道后是一块长满青草的平地，平地上支着一口大铁锅，锅中大块大块的狗肉与沸汤一同翻滚，那诱人的香气就像长了翅膀的钩子，不停钩着人往前移。

　　包括阿荛与二丫在内，这锅狗肉共引来了近二十个灾民，每一

个都饱受水患之苦，莫说是吃肉，连粥都喝不饱，而今嗅到这诱人的狗肉香，哈喇子早已流了一地。

明知天底下不会有掉馅饼的事，这些人也不是不明白这个道理，但在这锅狗肉面前他们早已丧失了理智。眼见而今的局势就要演变成灾民哄抢狗肉，那一直低头炖狗肉的汉子终于抬起了头来，他朝大伙露齿一笑，慢条斯理地道："别急，别急，都有，排队来领，一人一碗不多也不少。"

有了这话，原本蠢蠢欲动的灾民顿时安静了，竟真的老老实实排起了队。

阿苿向来不爱吃味道太重的肉类，纵然被二丫逼着领了一碗狗肉，仍无法下咽，更何况，她总觉得整件事都透着古怪。

她用筷子在装狗肉的碗里不停地搅，这本是个无意之举，却不想真让她在碗里搅出一朵不甚完整的干蘑菇。

阿苿一愣，又顺势夹起那干蘑菇放置鼻端闻了闻。

闻起来有几丝辛辣味，且不似寻常蘑菇那般鲜香，阿苿也不知这究竟是个什么玩意儿，却莫名其妙联想起数日前，那只被人拔光毛的歪脖子鸡。那时候白为霜似乎与她说过，那歪脖子鸡之所以受而那原本乖巧听话的二丫却像突然中邪一样挣开阿茕的手掌，转身往回走。

　　阿茕试图将二丫拖回，她却又哭又喊，手脚并用地挣扎，动静着实太大，害怕将身后吹笛之人引来的阿茕只得狠下心将她劈晕。

　　笛声并未停止，夹杂其间的一阵清晰可闻的脚步声越离越近。

　　阿茕心脏几乎都要跳出来，她力气不大，着实没办法抱着一个十岁大小的女孩子逃命，无奈之下只能拖着二丫躲进草丛里。

　　此处草木葱郁，夜色又黑，即便那伙人追了过来，怕也得费上一番工夫将她与二丫找出。

　　她屏息凝神地躲在草丛里。

　　不过片刻，便有一人缓缓走了过来，恰好停在她前方，她紧张到心都快提到嗓子眼了，手指已经下意识搭在右手手臂上，那里藏了支袖箭，实在不行，她按下按钮，一箭射死那人也不是不可以，只不过如此一来，她想要混入乞儿窝将会变得越发不容易。

　　阿茕犹自天人交战，那人却不曾展开任何行动，一直静静站在这里，又隔了半晌，方才低低笑了一声。

　　这一笑几乎让阿茕身上所有的毛发都竖了起来，阿茕分不出心神去抚平自己手臂上的汗毛，左手食指已然开始施力，就要按下去……

"走起！"一道粗粝的嗓音仿似惊雷一般在黑暗中炸开。

随着那道声音的落下，原本就显古怪的笛音愈发诡谲，而那一直站在阿苪身前的人也终于迈步离开。

阿苪如今躲在草丛里，并不清楚那边所发生的事。

直至笛声完全飘远消散，阿苪方才挪了挪身体，目光下意识地往某处一瞥。

这一眼几乎将阿苪吓得魂飞魄散！她身侧竟站了个人，即便逆着月光，她都能根据他面部的轮廓判断出，他便是那名少年。

少年目光寒如冷月，脸上却带着盈盈笑意，他道："小姐姐，你我怎这般有缘？"而后又是一笑，"不对，你今日穿的是男装吧，我现在得喊你小哥哥才是。"

她不明白自己怎就被这少年给发现了，她穿男装和女装差别这么大，甚至连江景吾都无法一眼分辨出，这少年又究竟是怎么看出来的？

她脑袋里犹自一片混乱，正思量着该不该一箭射死他。

那少年却又换了副神色，笑意寸寸蔓延，他眼睛里满满都是恶意的挑衅："今日就到此为止，咱们后会有期……慢慢玩。"

今夜明明有些微凉，阿茕却出了一身的冷汗，夜风扫过，她浑身激起一层细密的鸡皮疙瘩。

即便那少年已走远，阿茕仍未起身，心有余悸地捂着胸口，生怕他突然又杀了回来，抓她个措手不及。

约莫又过了近半个时辰，阿茕方才松懈，揉了揉已然开始发麻的小腿，吃力地抱着二丫往回走。

当天夜里阿茕便写了一封信，绑在夜鸦腿上，连夜传给陆九卿。

今夜所发生之事非同寻常，她定然要传讯告之陆九卿，至于白为霜那边，她自然也会想办法将这个消息传给他。

看着夜鸦的身影渐渐远去融入夜色里，阿茕的那颗心始终悬在嗓子眼，怎么也沉不下去。

她的疑虑太多，围绕在她眼前的迷雾未散尽，又该如何入睡？

二：阿茕既已豁出去，又哪会这般轻易地妥协，纵然被人扫地出门，仍紧咬牙关，像条死狗似的趴在门外，只要少年一出门，她便像块牛皮糖似的黏在他身后。

阿茕几乎一整夜未眠，直至天欲亮时，方才困得睁不开眼，昏昏沉沉睡了去。

临近辰时三刻，阿茕才被拎着碗准备去讨粥喝的二丫推醒。

甫一睁开眼便瞧见二丫那双忽闪忽闪的大眼睛，阿茕眼睛里出现了一瞬间的迷茫，片刻以后方才全然清醒，第一反应竟是瞪大了眼睛将二丫从头到脚打量一遍。

二丫被阿茕看得不自在，忙问道："阿桐哥哥，你在看什么呢？"

阿茕仍不曾收回目光，斟酌着问了句："你昨夜睡得可好？"

"挺好的呀。"二丫一派天真，复又回想起什么似的，不开心地嘟嘴抱怨着，"不过从醒来到现在都感觉脖子疼，明明都没有枕头呀，怎就落枕了呢？"

阿茕悬起的心终于微微落了地。

瞧二丫的反应倒还算正常，只是不知昨日的事她还记得多少。

她才这般想，二丫便又上前一步脆生生地喊了声"阿桐哥哥"。

阿茕嘴角含笑应了声，二丫突然神神秘秘地凑了过来，特意压低了声音道："其实我觉着昨夜很奇怪哎，我只记得昨夜带着你一同去吃狗肉了，却怎么也想不起究竟是如何回来的，阿桐哥哥，你还记得吗？"

阿芫伸手戳了戳她脑门，笑着打趣："自然是和我一同走回来的呀，你呀你，八成是被肉香给熏昏了头吧，竟然连这都回想不起来。"

听阿芫这么一说，二丫越发疑惑，不过这小姑娘性子单纯，亦不是个认死理爱钻牛角尖的主，既然她阿桐哥哥都这般说了，那么她也不必再去想什么，于是便朝阿芫甜甜一笑，亲昵地牵着她的手，一同前往粥棚。

今日粥棚前明显少了很多人。

不仅仅是阿芫觉着奇怪，就连二丫都感到困惑，睁大了一双圆溜溜的眼睛问阿芫："阿桐哥哥，是不是我们今日来得太晚了呀，怎么只有这点人？"

阿芫眼睛盯着前方的布粥之人，顺着杆儿往上爬，道："大抵是的吧，都怪哥哥又起晚了，也不知现在的粥还稠不稠？"

这话看似没什么不寻常之处，实际上，却是阿芫与白为霜约定好的暗语。

她话音才落，那正忙着给人舀粥的男子不禁抬起了头来，笑吟吟回应着阿荑："稠，咱们可是奉世子之命来施粥的，粥怎会不稠？"

暗号对上了。

阿荑听罢不禁莞尔一笑，又道了句："有劳了。"

二丫的目光早已被那白花花的粥所吸引，压根不曾注意，阿荑方才塞给了那施粥人一张字条。

这字条上自是写了阿荑昨夜所遇之事，顺便还提了下那个古怪的少年，也不知她将这字条传出多久才能等到回复。

接下来几日，阿荑一直混在灾民中。

天水府内的灾民几乎在以肉眼可见的速度急剧减少，有些人失踪了还会再度出现，乍一看与从前无异。当有人问起他们去了哪儿时，他们便笑得一脸神秘，只道："一个有趣的地方，莫急，你们也会有机会去，只需吃上一碗狗肉……"

而其他失踪的人则是彻底消失了，仿佛突然之间便人间蒸发。

除此以外，莫说再遇到那少年，即便是那诡异的笛声与诱人的狗肉都再未出现过。

只不过阿荑时常能从别的灾民口中听到有关那狗肉与笛声的

传闻。

这来历不明的神秘狗肉一时间成了北街灾民棚中最时兴的话题，既有谈"笛声"与"狗肉"二字色变者，又有禁不住肉香的诱惑，想暗夜食狗肉者。

这样的情况持续了近五日。

眼看就要消耗掉大半个月的时间，阿茕不禁有些心急，近日来四处找人打探何处会再度出现那口盛满狗肉的大锅。

正所谓功夫不负有心人，终于在事发五日后的一个深夜，叫她再度撞上。

当日入夜，才欲躺下睡觉的阿茕突闻一阵异香，细细分辨便能发觉，这股子异香与当日所闻到的狗肉味无异。她不禁神色大变，腾地自草垫上爬起，跨过众人熟睡的身体，蹑手蹑脚循香而去。

她顺着香味一路前进，最终又停在当日看到铁锅的那片空地上。

锅前依旧站着个声音粗粝的糙汉子，而他身前则是一群被肉香搅乱心神的灾民，犹自排着队打狗肉。

这一幕让阿茕恍然觉得回到了上一次，只不过这一次她身边并未带二丫，即便有危险，她应对起来也轻松不少。

阿茕几乎是不假思索地走了过去，边走还边用眼角余光来观察四周，除却那个打狗肉的糙汉子，这片空地上只有阿茑及一群虎视眈眈盯住狗肉的灾民，那个多番出现的古怪少年并不在此。

如此一来阿茑越发放心了，她排在最后，领了狗肉便假装大口大口吃起来，暗地里仍用眼角余光观察在场所有人，细细分辨那些食下狗肉者的每一个表情和反应。

约莫半盏茶工夫后，食下狗肉者眼神开始涣散，一个个犹如木头人似的杵在原地。

阿茑有样学样，手中破碗"哐当"一声落地，两眼发直地望向前方。

几乎就在阿茑出现"异常"的下一瞬，那旋律古怪的笛声便从黑暗中响起，宛如一条吞吐着猩红信子的毒蛇一点点自黑暗中滑行而出。

不多时，阿茑便见到了那吹笛人的真容，那是个形容异常瘦小的异族人，完全符合阿茑曾在书籍中看过的邻国常年盘踞在深山里驱蛇人的描写。大周三面沿海，又处北边，即便是位于南部的楚地人都个个体型修长，一眼望去见不到几个矮个子，长这么矮且穿这么奇怪的人，阿茑还是头一次见，当下便判断出，他绝非大周人士，指不定真是从邻国来的。

那人一瘸一拐地从暗处走出，不曾停歇地吹着骨笛引诱着灾民。

食下狗肉的灾民们仿佛被这笛声给勾去了心神，一个个乖顺听话地排队跟在吹笛人身后走，阿茕只觉笛声诡谲古怪，也不知落入那些食了毒蘑菇的人耳中究竟是怎样一番感受。

容不得阿茕多想，眼看最后一个人都排队跟在了那吹笛人身后，阿茕连忙跑过去，跟在队伍后面，排在最后一个倒是方便她做事，若是出了什么意外，悄悄跑走也不容易被发现。

阿茕就这样两眼发直地跟在一行人身后走，七绕八绕地拐了个弯后，前方的人便停了下来，三辆毫无任何特色的马车缓缓驶来，停在吹笛人身前。

阿茕最后一个上车，三辆马车倒是恰恰好坐下了十八个人，阿茕本想在车内暗中记下路线，岂料一推开车门便见车中还坐了个彪形大汉，显然是来监视他们的。

阿茕计划被打乱也不气馁，安安静静地坐在车内盘算着接下来该怎么办。

．

马车行驶近半盏茶工夫，突然停了下来，那些食了狗肉的灾民纷纷在笛声的操控下走下马车，阿茕亦如此。

　　下车后，呈现在阿茕眼前的是一片寸草不生的空地，空地上摆了一张方桌，桌前坐着一名手持毛笔的羊胡子老者。

　　而那群食下狗肉者则在笛音的操控下乖巧地在老者身前排着队，她虽看不到老者究竟在做什么，却能清楚地听到他的声音，他在询问食下狗肉者的生辰八字，再用那些人的生辰八字加以推算。

　　阿茕不懂玄学周易，故而并不知晓，羊胡子老者究竟在算些什么。即便头脑清醒，听了他们的对话仍无法作弊，轮到她的时候，只能如实报上自己真实的生辰八字，以免时运不济因瞎报而错过什么。

　　她话音才落，那羊胡子老者便开始对她的生辰八字进行演算，待到得出结果后便与身边人道了句："带走。"

　　这声带走可谓是让阿茕心惊胆战到无以复加，一行十八人中仅有一人被留下，其余十七人则再度被引回马车上。

　　阿茕不知上了马车究竟会被带往何地，不禁有些心急，在她即将跟在众人身后爬上马车之际，身后突然传来个熟悉的声音。

　　那声音算不上大，恰恰好清晰地传入她一个人耳中："果然是你！大哥哥，我们可真有缘啊。"

　　遭受过上一次的惊吓，阿茕死都不会忘记这个声音！

会说这话的，除却那古怪的少年，还有谁？

不知身后少年究竟有何用意的阿茕身子陡然一僵，身体比脑子先一步做出反应，顷刻间便调整好自己的状态，假装自己被笛声所操控，学着前面的人那般不慌不忙往马车上爬。

她一只脚才踩上踏板，身后却陡然传来一股巨力，那少年竟一把拽住了她胳膊。

突逢此变故的阿茕又是一愣，几乎就要露馅的她脑袋飞快运转，脑中灵光一闪，回想起当日的场景，那时候二丫已然被笛声所操控，她非要拖着二丫走，于是二丫整个人都暴躁了，发疯似的挣扎着。

阿茕丝毫不敢怠慢，挣扎得一点也不含糊，对那少年又踢又甩。

十六七岁的少年已比阿茕高出半个头，力气自然也比阿茕大了不少，他游刃有余地化解着阿茕的攻击，嘴角挂着一抹淡笑，眼睛里却始终冰凉一片。

他那眼神看得人心中着实发毛，阿茕不敢与他对视，又不想继续纠缠下去，索性假装踩到了石子，"扑通"一声栽倒在地，闭上眼睛装晕。

她演技着实不错，说倒就倒，摔得毫不含糊，以至于镇守在马车外的汉子看着她摔都觉得疼，又隔了片刻，方才弓身询问那少年该如何处置已然"晕倒"的阿苋。

少年的目光从未离开阿苋，他眼神如刀，一寸一寸地扫过阿苋身上，半晌方才道："剁碎，喂狗。"

阿苋心跳几乎都要漏跳了一拍，少年却又在这时候轻笑出声："你脸色变得好生奇怪呢，我不过是说着玩玩罢了。"

这话也不知究竟是说给阿苋听的，还是说给那汉子听的，阿苋犹自装晕，下一瞬便被人抱了起来，至于抱她之人究竟是少年还是粗汉子，她也不得而知。她只知道自己又被人抱上了一辆马车，然后……她竟莫名其妙睡着了。

待到再一次醒来，她便发觉自己正躺在一个完全陌生的房间里，背后是坚硬而冰凉的地板，头顶是一片黛色青瓦。

她微微皱起眉，一点点回想起昨夜之事，全然不曾发觉那个少年正坐在不远处淡然喝粥吃包子。她将昨日之事全部在脑子里过了一遍，方才慢吞吞地从地上爬起。

低头享用朝食的少年明显发觉阿苋已然清醒，微微侧着脑袋，笑眯眯地望向她。

才从地上爬起的阿苋只觉眼前这小鬼将皮笑肉不笑发挥到了极

致，先是被他脸上的笑吓得整个人都僵了一瞬，随后才开口询问那少年，自己身在何处。

少年面上笑意不减，若不仔细去探寻，定然会教人觉着他心情不错，他道："你猜。"

猜你个大头鬼！

这种话当然只能在心中默默吐槽，阿芫亦朝他粲然一笑，道："我笨，猜不出。"

这少年倒是会顺着杆儿往上爬，一听便道："我想，你也确实聪明不到哪里去。"

阿芫气得几乎都要翻白眼了，又听他道："你如今正在我的住处。"

阿芫着实想回个无比冷漠的"哦"字，面上却露出一派纯良天真的表情："那我又怎么会在你的住处？真是好生奇怪啊。"

少年听罢摊摊手，笑得一派和煦："这就得由我来问你，为何会出现在狗肉摊前了？"

阿芫顿时沉默了，只觉与这小鬼说话着实危险。

就在她沉默的空当，那少年又说话了，他直勾勾地望着阿芫的眼睛，道："你怎的不说了？是因为心虚还是怕说多了露馅？"

他这般步步紧逼，阿芫着实应付得吃力。

少年目光锐利如刀，盯得她全身冒冷汗，脸上却从始至终都挂着一抹笑。

阿芫又急又气，索性豁出去了，两眼发直地望着桌上的粥和包子，一派天真无辜地道："我饿得都没力气说话了。"

她这理由着实找得莫名其妙，少年非但不戳穿，反倒笑得越发灿烂，道："既然如此，你先过来吃，吃饱了再与我细细解释。"

这顿朝食阿芫可谓是吃得心惊胆战。

少年的目光始终聚集在她身上，他虽一直都是笑眯眯的，却没来由地给阿芫一种豺狼虎豹在盯梢猎物一般的错觉。

阿芫不敢松懈，边吃边思索对策。

一盏茶工夫后，桌上的粥碗碟盘已然见底，阿芫再也找不到理由继续拖延时间，那少年的声音适时响起，他就像个体贴的小弟弟般询问阿芫："吃饱了没有，可要再添一碗？"若能忽略掉他眼中的调侃之意，阿芫怕是真会误以为他在关心自己。

阿芫搁下碗筷，一摇头，道："吃饱了。"

少年等的便是这一句，他道："既然如此，你可得想好了该如何回答我的问题。"

阿茕下意识坐直了身体，不多时便听少年道："第一个问题是，你的名字？"

这个问题好答得很，阿茕不假思索道："阿桐。"

建宁县的的确确有阿桐此人，是个父母双亡的孤女，既无亲朋好友也无相熟的邻居，独自一人住在深山里，可谓是与世隔绝。除此以外，这个阿桐的母亲又恰恰好是天水府人士，一切都是白为霜替阿茕安排的，即便这少年有心去调查，也查不出任何纰漏。

少年盯着阿茕的眼睛，将"阿桐"两个字细细嚼了一遍，方才开始问第二个问题。

"第二个问题，你究竟是何方人士？当日明明在阴山扫坟，现在怎的成了建宁县的灾民？"

这个问题更好答，阿茕甚至都不需要太过刻意地去组织语言，直接将阿桐的身世说与少年听，便可糊弄过去。

前两个问题不过是少年对阿茕的试探，说是可有可无也不为过，第三个问题方才与阿茕动了真格，他道："那天晚上你为何要躲起来？"

他这问题问得不清不楚，看似简单，实则处处是陷阱。

阿茕若是直接否认自己躲起来了，他便能见缝插针，从而逼问阿茕如何知道他问的是那天晚上。

阿茕若是承认自己躲起来了，他又能抛出一堆问题，将她逼得现形。

与这第三个问题相比较，前面两个问题倒更像是用来麻痹阿茕的。

阿茕又岂会看不透他的心思，并未直接作答，而是装作一脸迷茫地问道："你是说哪个晚上？"

少年也不与阿茕卖关子，直言道："五天前的那个晚上。"

若不曾发生过什么刻骨铭心之事，一个心中无鬼的人怕是很难在第一时间回想起，自己在五日前的晚上做了什么事，又身在何方。

阿茕险些踏进他的圈套，不过迟疑了一下，便想到了这层关系。

她拧着眉头，眼珠慢慢转着，一副陷入回忆中的模样。

实际上她正在竭力思索对策。

那夜天色太黑，她并不能完全确认少年究竟是真看到了她，还是在虚张声势。

她甚至不敢去想，倘若她真承认了，而那少年又压根没看到她，将会发生怎样的事。

而她若是否认了，少年却是实打实地看到了她，她又该如何圆回这个谎?

这些问题想得她脑仁一阵阵发疼，偏生那少年又在虎视眈眈盯着她，她无法在这个问题上耗费太多的时间，无奈之下，她索性豁出去了，道："五日前的那个晚上我和往常一样，早早喝完粥就躺下睡了，你为何说我在躲?"

少年依旧皮笑肉不笑地盯着阿苋，懒懒道了两个字："是吗?"

考验阿苋演技的时刻到了，她一副遭人诬陷的悲愤模样，毫不畏惧地回视少年的眼睛，气势汹汹道："你这什么语气? 我既没做贼，又无梦游的恶习，究竟睡没睡你难道还能比我更清楚?"

阿苋这番话倒是说得颇有几分气势，以至于少年还真垂下眼眸沉思了一番。

阿苋本已做好了全面应对的准备，岂知那少年下一刻竟道："既然如此，那你走吧。"那少年话锋着实转得太快，以至于阿苋一时间都未能反应过来。

最最主要的还是，她又岂能这般轻易地走，好不容易才摸到这里，若是走了，岂不前功尽弃？

阿茕面有戚戚然，摇头如拨浪鼓，死活不肯走。

这少年从来就不是什么好人，性情古怪，脾气也是阴晴不定的，上一刻还笑眯眯的，下一瞬瞧见阿茕摇头不肯走，就已危险地眯起了眼睛，沉着一张脸问阿茕："你莫不是想一直赖在我这里？"

阿茕倒是真这么想啊，可眼前这架势，又岂有她说是的余地。

她反正也不是什么要脸之人，索性一掐自己大腿，"哇"的一声哭出声："求求你不要赶我走……"

少年不曾搭话，阿茕哭得越发凄惨，简直闻者伤心见者落泪："我已无家可归，若是连你也不肯收留我，我便只能再次流落街头了……"

少年面不改色，毫不留情地拒绝："我连一碗面的钱都付不起，哪还养得起你？"

阿茕连忙又道："我不用你养的，只需留一处干净的地儿给我睡便好，至于吃的，我可以去街上领呀，我很能干的，既可替你洗衣做饭，又能劈柴挑水。"

少年仍不为所动，阿茕急了，索性豁出去，厚着脸皮抱住少年大腿，一把鼻涕一把泪地哭诉着，噼里啪啦说上一通，诸如她小时候如何如何苦，先是没了娘，后又没了爹，总之怎么惨就怎么说。

少年从头至尾都不曾说话，就这么居高临下地默默看着她，直至阿茕再也挤不出一滴眼泪，开始扯着嗓子干号时，少年终于没法忍了，冷酷无情地拎着阿茕衣领，丢垃圾似的将其一把丢出门外。

阿茕既已豁出去，又哪会这般轻易地妥协，纵然被人扫地出门，仍紧咬牙关，像条死狗似的趴在门外，只要少年一出门，她便像块牛皮糖似的黏在他身后，少年去哪儿，她跟着去哪儿，惹得那少年几度生出想杀人的冲动。

阿茕这货倒是机灵得很，每次瞧见少年脸色不对，她便主动消失一会儿，待到人气消了，她又阴魂不散地出现，继续纠缠。

一整日就这样过去。

天将欲黑的时候，带着阿茕在街上乱晃了一整日的少年方才回到自己的院落。

阿茕不敢将他逼得太急，并未尾随跟着一同进去，像个二傻子似的杵在门外呆呆望着。

　　她这般做虽有些囧，却也是经过深思熟虑做出的决定。

　　经过这么一番折腾，阿芄也算是稍微摸清了这少年的脾气。她在他面前不是不能耍赖，只是得有底线，只要不超过这条底线任凭她如何闹腾，那少年都不会有太大的反应。可一旦超过这条底线，阿芄毫不怀疑，自己定会沦落个极为凄惨的下场，万一将其惹怒，被一刀子给捅了可就得不偿失了。

第七章

范 以 苦 肉 计

一："你可恨白为霜？"

"怎会不恨？"阿茮弯唇笑了笑，眼睛里却是一片冰凉，"深之入骨地恨！"

阿茮不知自己究竟蹲在门外守了多久，只知待到明月即将攀上树梢之时，原本灯火通明的房间突然漆黑一片。

她眨了眨眼，颇有些惆怅地望着窗，竟无比羡慕那孩子能有床睡。

就在阿茮以为自己即将露宿街头之际，昏暗的屋内突然传来一阵杂乱的声响，她猛地从地上爬起，才欲爬到窗口观望，门竟"吱"的一声被推开了。

这等突如其来的变故使得阿茕登时愣在了原地，却依旧维持着那个想要趴窗观望的滑稽动作。

纵然阿茕脸皮厚，这般突如其来地被人抓了现场，阿茕仍是感到窘迫，某一瞬间只想挖个地洞钻进去。

少年却对这一切视若无睹，犹自站在屋内，整个人都裹在一片夜色里。即便他们隔得很近，阿茕也无法看清他的神色，却没来由地觉得现在的他一定在害怕。

究竟是为什么呢？明明看不到他的表情……

阿茕脑袋犹自混乱着，少年突然上前一步，依旧看不清他的表情，阿茕却从他声音里听出了一丝怯意，他道："你进来。"

此话一出，阿茕越发迷茫了，不明白这小鬼又在闹什么。

少年见她兀自杵在原地，索性又上前一步将她往屋里拽。

阿茕简直受宠若惊。

少年一直紧拽着她不肯松手，摸黑在屋中乱走，最终停在他卧房的床前，颇有几分别扭地道："你今晚跟我睡这里。"

YUJUN
GONGCHENGFENG
187/

"啊？"此言一出，阿茕几乎都要把眼珠子给瞪出来了，"你确定？"

少年声音依旧未恢复平静，明显带着嫌弃之意，他道："你大可放心，在我看来，你跟门外堆着的柴火棍没任何区别。"

阿茕又岂能咽得下这口气，更何况，她尚未弄清楚这小鬼究竟有何意图，自然不肯妥协，佯装生气道："哦，那你去外面抱根柴火棍进来呗。"

她才顶嘴，少年周身的气势明显变得不一样了，不由分说地将她往床上一推，丝毫不给她置喙的余地："要么今晚睡这里，要么我杀了你。"

他这句话的重音落在"杀"字上，落入阿茕耳中莫名有种惊心动魄的震慑力。

她撇撇嘴，心中默默诅咒这臭小鬼三百回，只得认命地甩掉鞋，和衣躺在床上。

少年闭上了眼睛，一个少年特有的嗓音与窗外夜色一同缓缓流淌，他道："我要听故事。"

阿茕又暗自磨了磨牙，心想，这小鬼哪来这么多要求。

她想是这般想，却又十分认命地迫于淫威，开始搜肠刮肚地回想起自己从前听过的故事。

阿茕不特意压着嗓子说话的时候声音还算温柔，她说的故事也算不得多好听，哄那少年已然绰绰有余。黑暗中，少年的呼吸越来越清浅绵长，在阿茕以为他已然睡着的时候，他又勉强睁开眼，嘟囔着说了句："不准比我早睡，给我一直说下去！"

下一刻那少年便真睡着了，阿茕微微侧过身，在昏暗中看着少年的侧颜。

凭良心来说，这孩子倒是长了张人畜无害的脸，甚至还能称之为俊秀，光看他的脸，实在难以想到他会是个常把"杀"字挂嘴上的小变态。

翌日清晨，阿茕是被粥香给勾醒的。

她茫然地从床上爬起，恰好瞧见已然洗漱完毕的少年在朝她招手，登时心中一喜，想着该不会是昨日一晚上便将这小鬼给感化焐热了吧。她才喜笑颜开地准备去喝粥，少年却当头给她浇下一盆凉水，笑眯眯道："你自己说的，只要给住处就替我洗衣做饭刷碗。"

阿茕有苦说不出，还得感恩戴德地如捣蒜一般点着头。

少年见之心情大好，叮嘱了阿茸两句后，大摇大摆地走出门去。

他这一招可谓是一箭双雕，既给阿茸安排了活，又彻底断了阿茸像牛皮糖似的继续黏着他。

阿茸也不是傻的，隐约能猜出那小鬼打的什么主意，倒也乖巧，一个人默默洗完了碗筷，收拾完屋子方才出门讨粥喝。

粥棚前排队的灾民几乎全都换成了陌生面孔，她排队打粥喝的时候再度察觉有人在监视她，只是这一次也不知究竟是来自哪方的人。

她慢吞吞地喝完粥，又不慌不忙地走回少年所居的院落，将剩下的活全部干完，到了吃午饭的时间又去了趟粥棚，这般折腾下来一日又过完了。

临近日暮的时候，少年带着一大壶桐油和一卷草席回来。

桐油是倒入油灯中用以照明的，除却逢年过节，普通人家里都是能省着不点灯便不点灯。那少年不但一口气在屋内点了三盏油灯，还有通宵达旦彻夜不熄灯的打算。

阿茸算是闹明白了，这臭小鬼昨夜之所以那般反常不过是因为怕黑。

既有了灯，阿茕便自觉地往屋外走，准备睡大院。

她前脚才踏出门槛，少年的声音便又响了起来，他道："以后你都睡这儿吧。"

他所指的地方正是他的房间，而他白日里所带回的那卷草席正是替阿茕准备的。

这样的举动着实算不得对阿茕有多好，阿茕却没来由地心头一跳，她并非被这孩了的举动所感动，更多的还是欣慰，嗯……因自己这些天所吃下的苦，终于取得了回报而感到欣慰。

阿茕虽已成功赖上少年，却依旧未取得太大的进展。

眼看又过了两日，她心中已是焦躁至极。

那少年比她想象中更难搞定，看似已然接纳她，实际上依旧对她有所防备，从未透露过自己的行踪，甚至，直至如今阿茕连他的真实姓名都还不知。

万般无奈之下阿茕只得再给布粥人塞张字条，向白为霜请求救援。

在那以后，阿茕又等了足足三日，当日传出的字条犹如石沉大海一般久久都未得到答复。

比起那少年，对阿苪来说，白为霜此人简直更难以看懂，就在她准备放弃，心生一计想舍命一搏时，竟在北街上偶遇多日未见的白为霜。

近大半个月不见，白为霜这厮倒是越发好看了，走在人群里依旧是一等一的扎眼，想教人装作没看见都几乎不可能。

阿苪瞅了他一眼，便下意识想与其拉开距离。就在她转身的刹那，原本目不斜视的白为霜突然启唇道了声："阿桐。"

他的声音一如既往的波澜不惊，落入阿苪耳朵里却犹如击鼓雷鸣，阿苪满脸疑惑地撇头望着他，只见他一个箭步冲来，莫名其妙地拽着她往自己怀里卷。

完全未与白为霜那厮打过招呼的阿苪登时就愣住了，一抬头恰好看到白为霜目光往某处瞥，阿苪下意识地朝白为霜所瞥的地方望去，只见长巷尽头隐了一块衣角，恰是那少年今日所穿之衣。

阿苪即刻会意，再抬头恰恰好对上白为霜鄙夷的目光。

阿苪是打心底里嫌弃白为霜这种未经商讨便率性而为的举动，冷着脸一把将其推开，道："你还敢来找我？滚！"

　　最后一个"滚"字可谓是气势雄厚，途经此处的行人纷纷侧目，扭头查看此处究竟发生了什么。

　　别看白为霜此人面瘫，演技倒是相当不赖，他"深情款款"地握住阿茺的手，无奈地道出两个字："别闹。"

　　从未见过他露出这副表情的阿茺简直要被酸倒一排牙，嘴角无意识地抽了抽，一时间恶向胆边生，直接在白为霜脸上甩了一巴掌，失声痛哭："你有什么脸来见我？如若不是你，我爹又岂会死？"

　　若不是为了配合阿茺演戏给那少年看，白为霜怕是又得朝阿茺放冷气了，此时此刻的他俨然化身成一颗痴情种子，顶着一张印着五个手指印的脸仍做深情款款状，道："阿桐莫要再闹了，有什么事，回去再与我说可好？"

　　阿茺又岂肯顺从，两人便你一句我一句地在大街上拉扯。眼看阿茺这方落了下风，就要被白为霜扯走，一直躲在暗处观察的少年终于再也忍不住了，径直冲了过来，拽着阿茺的手腕便跑。

　　白为霜等的便是这一刻，待到少年与阿茺跑上一段距离后，方才一声冷哼，派人前去追。

　　甩完白为霜一巴掌的阿茺感觉右手到现在都还隐隐作痛，可见她那一下究竟使了多大的劲。她倒也是痞，分明就是夹带私货公报私仇来着。可那少年看上去明显就是被她那一巴掌所打动，拽着阿茕跑上一段距离，待到某个偏僻的拐角处后，意味深长地瞥了眼她依旧泛红的右手掌心。

察觉到他目光的阿茕大口大口喘着气，缓了好一会儿方才问道："你这是打哪儿冒出来的？"

少年才不会承认自己在跟踪阿茕，不答反问："你怎会认识楚世子白为霜？"

阿茕既敢与白为霜这么演，自然早就在心中想好了答案，而今少年这么一问，她便自然而然将答案说了出来。

她道，白为霜两年前曾去过建宁县，那时白为霜遭人刺杀，被她父亲，实际是阿桐的父亲给捡了回去。之后阿桐一直悉心照料白为霜，耗时两月，白为霜这尊大佛终于痊愈了，却不想白为霜前脚才走，便有人前来报复，她的父亲就此丧命，连她也险些丢了性命。

这些都是真事，只不过那名唤阿桐的少女早已与父亲一同殒命。

说出这样一段故事的时候，阿茕面容很是沉寂。

少年听罢久久不语，沉默半晌方才问道："你可恨白为霜？"

"怎会不恨？"阿茕弯唇笑了笑，眼睛里却是一片冰凉，"深之入骨地恨！"

此后的很长一段时间，少年都不曾开口说话，一直都在盯着阿荑看，像是想从她脸上看出哪怕一丝的破绽。

阿荑的演技天衣无缝，即便是他也探寻不出一丝端倪，只得作罢，突然一声叹息，道："你真的很像我阿姐。"

"阿姐？"阿荑从未听白为霜讲过这臭小鬼还有个阿姐，她还本还想细问，少年却明显不欲继续说下去，神色庄严地牵起阿荑的手，问道："你可愿与我一起报仇？"

阿荑脸上露出奇异的表情："报仇？"

她是真没料到，这多疑的少年竟会这么快便放下戒心拉她入伙。

"对！报仇！"少年点头，阴郁的神色自他眼中一闪而过。

这下该轮到阿荑来套话了，她看起来一副很是为难的模样，道："可是我连你的真实姓名都不知道……"

说起这个，少年还真是有些难以启齿，纠结了很久，方才道："你唤我小豆芽便好。"

"噗！"阿荑险些一口老血喷在少年脸上，心想究竟是哪个不长眼的，给这凶狠的少年取了个这样的名儿。

小豆芽凶神恶煞地瞪了阿荑一眼，阿荑方才有所收敛，努力憋住笑，静待小豆芽说出下文。他却头也不回地一直往前走："至于我的身份，你也很快便能知晓。"

阿茕笑了笑，步伐轻快地跟上："哎，小鬼，走慢些，等等我呀！"

约莫一炷香的工夫后，小豆芽终于停下步伐，一路跟在他身后疾步追来的阿茕愣了一愣。

呈现在她眼前的是一座破烂不堪的宅院，悬挂其上的匾额早已掉落，阿茕却依旧能凭借此宅院的大致模样推断出，此乃北街赫赫有名的墨庄。

墨庄之所以出名不是因为此处破，而是闹鬼。

究竟闹得有多凶，阿茕也不得而知，只晓得此乃天水府第一凶宅，莫说晚上，即便大白天的都无人敢靠近，方圆数里皆荒芜，倒是方便用以做见不得人的事。

阿茕默默地对此处做出评价，面上却已装出副胆小害怕的模样，拽着小豆芽的衣角，颤声道："你……你带我来此处作甚？大家都说这里闹鬼……"她一个完整的鬼字尚未说出口，小豆芽便已转身，握住门环叩了叩门。

即便他的小动作不甚明显，阿茕也已敏锐地发觉，他叩门的声音十分有规律，三声为一组，每一组都有递进的变化。

阿茕犹自垂着眼睑去记小豆芽的叩门节奏，约莫过了两瞬，那结满蛛网的厚重大门才被人从内推开，推开一道寸许长的小缝。待确认门外之人是谁后，门才被彻底地推开，从中走出一个发须皆白的老乞儿。

那老乞儿生得尖嘴猴腮，甫一看清小豆芽的脸，便堆上一脸谄媚的笑，朝小豆芽躬身作揖，道："哟，原来是您来啦！快快快，请。"

阿茕本就猜到小豆芽不是个简单的角色，故而见老乞儿这般对待小豆芽也无一丝意外。

只是她依旧不知小豆芽在这乞儿窝内扮演着怎样的身份，也不知究竟是她眼中疑色太过明显，还是那老乞儿当真是个人精，讨好完小豆芽的他立马换了副神色，不着痕迹地将阿茕上上下下仔仔细细地打量了一通，方才朝她微微一笑，这一笑与方才对小豆芽的那一笑简直堪称天差地别。

瞧他那架势，阿茕还以为他要对自己进行盘问，岂知他啥都没说，只做了个请的姿势，便将阿茕与小豆芽一同领进了墨庄。

墨庄内与它外表一般无二，甚至远比阿茕想象的还要残破，毫无人生活过的气息，这种破地方还真只有鬼才能过得下去。

　　老乞儿领着小豆芽与阿茕绕过弯弯曲曲的回廊，一路走至位于假山后的庭院方才止步，毕恭毕敬地站在假山前等候，接下来的路都由小豆芽带着阿茕走。

　　假山后方有一间残损的破屋，途经此屋的时候阿茕明显闻到了一股若有似无的香味，依旧是花椒混合着劣质檀香的气味，只不过因为距离较远，她只隐隐闻到一丁点，还因风恰好往此处吹才有幸嗅到，否则能否发现都不一定。

　　她心中已隐隐有了猜测，面上却依旧不变，装出副好奇的模样，一路低头跟在小豆芽身后走。

　　约莫又过了半盏茶的工夫，小豆芽方才停下脚步，他站在一间毫无特色的房屋前，突然从袖袋中掏出两块蒙面用的手绢，只简简单单与阿茕道了三个字："蒙着脸。"

　　阿茕连忙接过，本想问上一句"为何要蒙脸"，小豆芽便已道："具体原因你待会儿便会知晓。"

　　门甫一被推开便有股子奇异的辛辣味扑鼻而来，这个味道并不陌生，阿茕在脑子里搜索了整整一圈却始终都未能回想起来在哪儿闻过。待到她看清屋中之物时，不禁眉头一拧，她当是什么玩意儿，原来这里藏了满满一屋子的干蘑菇。

这干蘑菇阿茕倒是与其打过好几次照面，头一次乃是在明月山，那歪脖子癫鸡嘴中残留着此物。

第二次正是前些日子，阿茕在狗肉中发现的那些。

第三次便是现在。

阿茕虽并不晓得这干蘑菇有何用途，却早已笃定，这蘑菇有致幻效果，不论是人还是畜生，只要吃下去便会神志不清。

果不其然，这念头才从脑袋里冒出来，小豆芽便戴着手套拈起一朵放置她眼前晃了晃，如实道："这是一种毒蘑菇。"

说到此处，他尾音稍扬，停顿一瞬后，方才继续道："你既如此恨那白为霜，倒不如将计就计，想办法让他食下这毒蘑菇。"

二：阿茕但笑不语，先是摇了摇脑袋，随后又忍不住笑着道："这小鬼着实太难搞定，你我还得下一剂猛料，使出苦肉计才行。"

兜了一圈，这孩子竟打的是这主意。

这蘑菇既真有致幻作用，那么，他的目的定然不会是杀死白为霜这么简单。

阿茕心中了然，面上却流露出几分显而易见的犹豫，她道："我……"

余下的话她既没想好该如何说，亦没继续开口的打算，踌躇片刻后，又听小豆芽道："你不必慌张，这蘑菇虽有毒，却不会取人性命，即便是教白为霜食了这蘑菇，你也能全身而退，绝无后顾之忧。"

阿茕听罢不禁露出一副疑惑的神色："毒不死他还算什么报仇呀。"

她这话一出口，小豆芽明显愣了一下，好一会儿才想到用来打发她的话，道："这蘑菇虽有毒，却不是能直接要人性命的那种毒，而是能使其丧失神智，一旦吃下去便极易遭人操控。"

阿茕眼睛忽而一亮，雀跃道："我明白了，你的意思是，让我想办法把这蘑菇喂给白为霜吃，再操控他，想办法引诱他往水里跳抑或是往悬崖跳，如此一来他既能死，我也能全身而退，可对？"

小豆芽大抵万万没想到阿茕会这般理解，又是一愣，旋即颔首道："正是。"

他这反应虽无任何异常，可阿茕又不傻，怎么可能相信此事会这般简单，他若只是想取白为霜性命何必用上这致幻的毒蘑菇，躲在暗处随便下个毒都比这般折腾来得方便。

如此一来，阿苨倒也看明白了，那孩子依旧不曾完全信任她。她若是真叫白为霜吃下了那致幻蘑菇，这孩子定会从中作祟，想办法操控着白为霜去做某件他所期望的事，否则她也着实想不明白，他何必要弄出这么复杂的事。

小豆芽以绢布包了十朵品相极好的致幻蘑菇递给阿苨，而后便将她带出了那间屋子，耐着性子教她，在白为霜食下致幻蘑菇后该如何进行操控。

翌日下午，精心装扮过的阿苨便主动送上门去找白为霜。江景吾恰好在此地，冷不丁瞅见穿着女装的阿苨不禁一愣，犹自发呆，沉思着究竟是打哪儿送上门来的小美人，本欲上前去调戏一番，却见从头至尾都无任何反应的白为霜视线忽地朝他瞥来。

这如坠寒冰地窖般的眼神冻得他浑身一颤，原本被美色冲得一片混沌的脑子骤然清醒，不知究竟是牵动了他哪根不得了的神经，竟让他在一瞬之间便瞧出令他垂涎三尺的美人乃是陆阿苨。

辨清来人后，江景吾真个人都不好了，一方面是被阿苨这身打扮给惊的；另一方面，则是被白为霜那要剜人肉似的眼神给吓的。

　　然而，不消片刻，这厮竟又莫名其妙调整好了心情，撇过脑袋，贱兮兮地朝白为霜挤了挤眼睛，颇有几分现场抓赃的意味。

　　以白为霜对这厮的了解，他此时此刻的眼神，完全可以理解为如下意思：

　　（一）"嘿嘿，你小子还真断袖了，被我抓了个正着吧？"

　　（二）"你俩究竟是从何时开始的？赶紧说，坦白从宽！"

　　（三）"啧啧，瞧不出哇！你竟是这样的楚世子！"

　　总之，不论是哪种理解，白为霜都不想去回复，又一个眼刀扫在江景吾身上，直接招来死士将那"淫笑"不停的货给拖了出去。

　　直至再也听不到一丁点江景吾发出的声音，白为霜的视线方才重新回到阿芣身上。

　　目睹了这一切的阿芣已然调整好面部表情，也不废话，直述自己此番来意，她三两句与白为霜说完近几日所发生之事后，就将致幻蘑菇放置白为霜手心。趁着白为霜低头研究致幻蘑菇之际，她又顺道问了句："不过我还有一事不明白，你与那孩子究竟有何纠葛？"

　　这一直都是阿芣不明白的一点，若小豆芽真与白为霜只是表面上所看到的那样，只是位于不同阵营，乃是敌对方这种关系，向来镇定的小豆芽又岂会在看到她与白为霜在大街上拉扯后便骤然改变主意，主动与她亲近起来。

白为霜本就无意隐瞒此事，一五一十地将他与小豆芽的爱恨纠葛道了出来。

原来小豆芽曾有个阿姐，只不过那阿姐并非他亲生胞姐，而是曾救了他性命的邻家小姐姐。后来那小姐姐被家人卖进白家为奴，再后来那小姐姐又成了白为霜的贴身侍女，于两年前，也就是白为霜遇刺的那一次不幸香消玉殒。

在那之前白为霜也只隐隐记得自己曾见过小豆芽这号人物，因为那小姐姐曾与他说过她与小豆芽之间的故事。

这个故事的起始还得追寻至六年前。

六年前的一个冬天，那小姐姐偷偷救下个快要被冻死的孩子，那个孩子正是小豆芽，彼时的小豆芽尚不过十岁，可怜兮兮地在她家柴房藏了近三个月。

三个月后忽有一群面孔陌生的人找上门来，待到小姐姐走完亲戚回到家才发觉小豆芽已被那群人带走，此后再无音讯。

再往后，又过了近三年，小姐姐家隔壁那被荒废的宅院突然被人买下，且整整齐齐修葺了一番，不出半日她便发觉，买下这座宅院的竟是当初那瘦得像棵豆芽菜似的少年。

再度见到小豆芽，她悬着的心终于落了地，却也隐隐察觉到这孩子来历十分不简单。

首先，她从未见过这孩子的父母；其次，总有些听着外地口音的人前来拜访这少年。

那小姐姐着实是个纯良的姑娘，即便心生不解，也不曾多猜疑，依旧将那小豆芽视作亲弟弟来看待。

阿茕听罢，倒是弄明白了小豆芽当日怎的突然冒出句"你真的很像我阿姐"了。

思及此，她忍不住朝白为霜问了句："你觉得我与那姑娘可相像？"

阿茕并未与白为霜提起小豆芽所说过的这句话，白为霜听罢倒真认真思索了起来，隔了片刻方才从回忆中抽回心神，道："容貌生得无一处相似，偶尔静下来的神态倒是挺像。"

若不是经阿茕这么一问，白为霜险些都要忘了自己当年为何会让那姑娘做自己的贴身侍女，而今再回想起，难免会有几分不自然，只是他脸上表情素来缺乏，再如何不自然，阿茔也都看不出来，只当他与平常无异。

阿茔摸了摸下巴，两眼发光，露出副"原来如此"的表情，不禁自言自语："原来如此……怪不得了。"

白为霜下意识接了句："怪不得什么？"

阿茔但笑不语，先是摇了摇脑袋，随后又忍不住笑着道："这小鬼着实太难搞定，你我还得下一剂猛料，使出苦肉计才行。"

白为霜神色不变，只问："你莫非已做好了打算？"

阿茔不答，只一直盯着白为霜笑，笑得他浑身鸡皮疙瘩都要冒出来。

三日后恰逢清明。

在白为霜府上混吃混喝了好几日的阿茔终于开展进一步的行动，死活拖着白为霜一同去近郊踏青。

清明，又唤踏青节，除却要给祖宗先人上坟扫墓，还要呼朋唤友一同去郊外踏青放风筝。

正因如此，才会一路游人如织，二人好不容易抵达目的地，还未下马车便远远看到两位熟人。

这两位熟人有着近七八分相似的面容，恰是陆九卿与景先生。

阿茕与白为霜相互对视一眼，十分有默契地同时停了下来，接着，只听白为霜道了声什么，车外马夫手中缰绳一紧，本该停下的马儿又撒开了蹄子继续往前跑。

就在他们的马车离开不久，本还言笑晏晏的二人突然之间便拔剑相向，陆九卿长眉一拧，杀气隐现："这已是我给你的最后一次机会，你若再这般执迷不悟下去，就莫要怪我大义灭亲了！"

……

马车一路徐徐前进，最后停在一片绿茵茵的草地上，此处依旧站了不少前来踏青之人，阿茕与白为霜徒步爬上一座小山丘方才避开所有人。

按照阿茕的计划，再过一炷香时间，白为霜便要假装中毒，在阿茕的诱引之下步步走向悬崖。

倘若小豆芽真有别的目的，他自然会在白为霜即将被阿茕操纵推下山丘的前一刻现身，而阿茕与白为霜则需好好把握住这一刻，此乃整场局的最关键之处。

阿茕与白为霜自然是有备而来，约莫又过了一炷香的时间，按计划食下蘑菇羹的白为霜突然两眼发直，双目失焦地望着阿芢。

阿芢四处张望一圈，发觉周遭并无闲人后，方才不停击掌，指引着白为霜步步前进，眼看就要抵达悬崖边上，原本无一丝动静的灌木丛后忽而传来阵阵声响，显然是有人藏在了那里，且目睹这一切后已按捺不住想要出手。

距离悬崖仅有五步之遥时，本埋头击掌的阿芢猛地一抬头，凶光毕露地瞪着白为霜，怒斥道："去死吧你！"

她话音才落，整个人便猛地向前一扑，其动作之迅捷，以至于躲在灌木丛后之人根本来不及阻止。

眼看悲剧就要酿成，原本双目迷离的白为霜双眼竟恢复清明，顺势将猛地扑来的阿芢搂入怀里，沉声诘问："阿桐，你就恨我至极？"

阿芢神色决绝，并不作答，而是咬牙抽出一把匕首，直往白为霜身上扎。

她身量虽高，终究还是个弱女子，才将匕首举起，就已被白为霜一掌打落在地。

事已至此，躲在灌木丛后的人也不便现身。

白为霜制住"失控"的阿茕后，目光凛冽地朝灌木丛上一扫，凝声道了句："你还准备在此躲多久？"

此话一落下，本还窸窸窣窣作响的灌木丛顿时静了下来。

白为霜面色凝出一丝冷笑："既然你不愿出来，那莫要怪我动手来请了。"

最后一个字才落音，附近灌木丛中便飞速掠出近二十名蒙面影卫，将那丛灌木林团团围住。

再装下去也无任何意义，灌木丛中又是一阵轻颤，着一袭短打的小豆芽终于走了出来，朝白为霜抿唇一笑，他嘴角微微上扬，两颊梨窝顿现，说不出的纯良无害。他道："世子大人，别来无恙。"

白为霜不屑搭理他，只从鼻腔内发出一声冷哼，阿茕便趁此机会从白为霜的桎梏中挣脱出来，一路朝小豆芽所在的方向跑。

小豆芽在阿茕跑来的刹那眸光一亮，再也顾不得自己身边究竟围了多少人，一个猛冲，直冲破重围，径直朝阿茕所在的方向奔去。

他过激的反应引起影卫注意，其中一名手持长剑的影卫提剑追在最前面，一剑刺出，顿时穿透小豆芽肩胛骨，随着利剑的拔出，鲜血顿时洒了一地。

小豆芽身子微微一晃，却仍咬牙往前冲。

眼看下一剑又要刺来，愣了好几瞬的阿芫突然猛地扑上来，将小豆芽扑倒的同时，生生替他挡了一剑。

她浑身软绵地趴在小豆芽的背上，用只有他才能听到的声音道："挟持我做人质，快，他不会让人伤害我……"

小豆芽方才之所以冲过来，本就有此意，而今这话从阿芫口中说出，他竟动了恻隐之心，不知该如何下手。

阿芫已然气若游丝，却仍在催促，不停地道："还愣着作甚，快呀！"

一股异样的情绪自他眼中滑过，他当下不再犹豫，翻身将阿芫拽起，反手抽出一柄匕首抵在阿芫脖颈上，嘴角一咧，笑若旭日般地与白为霜道："世子大人，你若不放过我，我会与她同归于尽哦。"

他话音未落，阿芫白嫩的脖颈上便多出了一道血痕，小豆芽的笑容越发璀璨："所以，草民恳求世子大人放小的一马。"

白为霜眉头几乎都要拧成一团，在阿芫看来，他流露在面上的心疼与关切几乎可以以假乱真，以至于在看到他神情的一瞬，她心跳没来由地乱了节拍，而后她便听白为霜冷冷一笑："一个不知好歹的女人罢了，还妄想用她来威胁本王？"

像是为了证明真不在乎阿茕，白为霜当即便下令叫那些影卫前去捉拿小豆芽。

小豆芽面上的笑登时便挂不住了，望着阿茕的神色越发复杂，一番斟酌之下，他本欲弃阿茕而逃，却又鬼使神差地牵住了她的手，拽着她直接往长满灌木的山坡下滚。

他方才便是从那山坡爬上来的，那里不过是看着地势颇高罢了，实际上坡度很缓，即便是顺着坡滚下去也受不了多重的伤。只是他与阿茕二人本就挂了不轻的伤，又岂能承受得住这种程度的折腾，尚未滚完一整个山坡，小豆芽便已陷入了昏迷。阿茕虽依旧清醒，却在不停滚落的过程中被那些灌木撞得头晕眼花，简直巴不得自己能代替小豆芽晕过去。

奈何天不遂人愿，直至二人停止滚动，落至平地上，阿茕都十分坚强地挺了过来，未能陷入昏迷。

于是，浑身上下挂了无数道伤，疼得咬牙切齿的她只得强撑着爬起，将小豆芽带到不远处的一个洞穴里。

那一处地方被称之为洞穴倒也有些勉强，不过勉强能藏人罢了。

陷入昏迷的小豆芽面色苍白，脆弱得仿佛一捏就会碎，阿茕悠

.

悠叹了口气，倒在一旁休憩。

她虽不似小豆芽般直接陷入了昏迷，却也累得够呛，再不好好休息，怕是人都要垮掉。

阿茕向来就是个能吃能睡，绝不失眠，也绝不会出现没食欲这等情况的姑娘，今日明明累成了这样，她却不论怎样都睡不着。换作平日，她怕是一躺下就能睡个昏天暗地，而今的她只觉浑身上下每一块肌肉都被拉扯着疼，骨骼更像是被人砸碎了再重新拼装而成。

明明累到极致，意识却又无比清醒，这样的感觉真是叫人不爽。

阿茕颇有几分嫉妒地又瞥了那小豆芽一眼，只见原本昏睡的他眉头突然拧起，嘴里嘟嘟囔囔地念叨着什么，一连五声，她方才听清，原来他是在喊"阿姐"。

阿茕承认，对于这样一个孩子，她的的确确是存着恻隐之心的。最初的时候，她或许对他还有所惧意，越往后便越清楚地发觉，不论如何，他都还只是个孩子，一个不过十五六岁，还会怕黑的孩子。

小豆芽的喊声越来越激烈，到了后边甚至还带着一丝哭腔，莫名地让人联想到那种被人抛弃、呜呜哭咽的小奶狗。

阿茕只得轻轻拍着他的背，细声安抚着："小豆芽乖乖，不哭了哦，阿姐不走，哪儿也不去。"

不知究竟是她的声音起到了安抚作用，还是因那一下又一下拍在背上的手掌太过宽厚，不消片刻，原本还在哭闹的小豆芽便静了下来，无比乖顺地睡着了。

至于阿芫，她根本不知晓自己究竟是何时睡着的，醒来时总感觉谁的视线黏在她脸上，她下意识"唔"了一声，翻个身准备接着睡。可她即便不曾睁开眼，也能清晰地感受到，那道视线依旧黏在她身上。

这样的感觉着实叫人不爽，更遑论阿芫还是个警觉之人，一个翻身，便猛地睁开了眼睛。

她不睁倒好，一睁简直吓一跳，只见小豆芽正襟危坐，居高临下地望着她，眼睛里还带着一种莫名的情绪。

二人的目光才对上，原本像是陷入了沉思一般的小豆芽便火灼似的猛地将视线抽回。

也正因他目光转移得太快，而导致阿芫压根就未能看清他藏在眼睛里的东西。

阿芫还是头一次见小豆芽这般不自然的模样，不禁心生逗弄之意，可他终究不是白为霜，这个念头才从脑子里冒出，又被阿苤生生压了下去。她清了清喉咙，沉吟一番方才道："你这般盯着我看作甚？莫非我脸上有什么东西不成？"好吧，她虽无逗弄小豆芽之意，可还是不着痕迹地将人给调戏了一把。

小豆芽的面皮可远比她想象的厚，人家非但没流露出任何羞赧的表情，反倒无比镇定地答了句："没东西，头一次瞧见睡姿似你这般不雅的姑娘家，便忍不住多瞧了几眼。"

阿苤："……"这谎未免也说得太过拙劣，她都不屑去拆穿了，更何况此时也不是拆人台的时候。

她又清了清喉咙，生生扭转了话锋，道："我们现在又该怎么办？也不知白为霜的人可会追上来。"

相较阿苤此时装出的忧虑，小豆芽几乎可谓是淡定至极，他语气淡淡道："不必担忧，我已放出信号，再过不久，自会有人来救我们。"

阿苤心中并无任何感谢之意，眼睛却弯成了月牙儿的形状，笑容甜甜地道："真的呀？"

小豆芽的目光在与阿苤接触时，又莫名变得有几分不自然，很是冷淡地"唔"了一声，便再无下文。

他既这般冷淡，阿茕也不知该说什么话，犹自沉思着，接下来该说些什么。

沉默许久的小豆芽突然又道："为什么要这么做？"

"嗯？"阿茕一时间未能反应过来，小豆芽又将话给说清楚了些："我是指，你那时候为何会替我挡下一剑？"

"原来你是说这个呀。"阿茕忽而露齿一笑，"因为我不想你死呀，想让你好好地活着，毕竟你还这么小，还只是个孩子呢。"

这话自然不假，阿茕说得轻松，落入小豆芽耳朵里却犹如泰山之石般沉重。

第八章

丐帮总舵主

一：你生而为乞儿，活着也是白受罪，倒不如早日归西，脱离这片苦海。

后半句话，当年阿姐活着的时候也曾与他说过。

像是有根羽毛轻轻从他心间拂过，他无意识地垂下了头，一寸一寸地打量着阿苿，他不明白的是，明明两个人生得一点也不像，可为什么他总能从她脸上看出阿姐的影子？

阿苿被小豆芽盯得一脸莫名其妙，摸了摸脸，又道："你又看什么？莫非我脸上真沾了什么东西不成？”

小豆芽这一次又似火灼般地移开了视线，垂着脑袋道："没看
什么。"

瞧他这小样，阿茕莫名觉着好笑，她这下可是真生出了要调戏
这孩子的冲动，只是调戏的话语尚未出口，又被突然开口说话的小
豆芽给打断，他道："接下来你准备怎么办？"

阿茕一愣，只得将未说出口的话统统咽回肚子里，很是沮丧地道：
"我也不知道接下来该怎么办，终究还是我太笨了，一下子就暴露了，
甚至还连累了你……这下都不知该如何报仇了。"

她越说情绪越低落，仿佛下一刻就能哭出声来。

小豆芽又别开了眼，并非对她的装可怜视而不见，而是不晓得
该如何去安抚她，只得道："连累我倒不至于，事已至此，你也不
能继续在天水府待下去了。"

眼睛里本还含着泪的阿茕登时变得情绪高昂，她瞪大了眼，
无比激动地道："不！我不能离开天水府，我还没报仇……又岂
能离开！"

将阿茕的反应尽收眼底的小豆芽默了默，隔了半晌，方才又问：
"既然如此，你可愿意加入丐帮？"

阿茕的情绪终于有所收敛，她满脸疑惑地重复着这两个字："丐帮？"

小豆芽颔首，道："是的，丐帮。"

此言一出，洞穴外忽然传来一阵不算小的动静，未隔多久，竟传来阵整齐划一的声音："属下恭迎总舵主！"

"总舵主？"阿茕实打实地受到了惊吓，她知道小豆芽这孩子身份不寻常，倒是没想到会这般不寻常，竟是丐帮总舵主，是丐帮帮主的左臂右膀，怪不得……怪不得那老乞儿会以那种态度对他，怪不得他总是这么闲，在哪儿都能与她打上照面。

震惊之余，阿茕又不禁感到窃喜，她真是没想到，随意抱了条大腿都如此之粗壮。

接下来的进展十分顺利，阿茕很快便被带回丐帮总舵。

而那总舵的位置，则正是小豆芽先前带阿茕去的那座凶宅，这次依旧是那老乞儿前来开门，只不过引路者乃是小豆芽，他一路带着阿茕往凶宅深处走，最后停在整座凶宅最深处的庭院里。

此处说是庭院却寸草不生，焦黑一片，像是被人特意焚烧成此模样似的。

庭院的中心位置布了个小型祭台，祭台后挂着绘了朵殷红血莲的黑色旗幡，一看便令人心生不安。

红莲与那毒蘑菇一样，并非头一次出现在阿茕的认知里。

头一次出现在苍家家主书房内那幅美人图，第二次出现在明月山上抓来的副将口中絮絮叨叨念的那句话里。

事已至此，整件事都已完整地串联起来。

阿茕在小豆芽的指导下做完血誓，她本以为接下来还会有更大的秘密等着她去挖掘，结果血誓之后，小豆芽便带着她回家吃饭了，这使得她很是郁闷。

此后的日子，阿茕白日与小豆芽一同去那凶宅，晚上便与小豆芽一同回家，既无波澜也不曾出现任何线索，阿茕不禁有些心急，所幸焦急地等待五日后，终于又被阿茕发现了一个丐帮的大秘密。

那是次月月初，某条回总舵的路上，小豆芽突然很是严肃地与阿茕道："今夜回去，你须得早睡。"

阿茕自然要询问理由，便听小豆芽道："此乃帮中传统，每月月初，所有人都须参加一场祭典，那场祭典帮主与副帮主皆会来。"

阿茕听罢，不禁双目一亮。

这一夜，阿苋用过晚膳便躺在了床上，只等半夜的那场祭典。

大抵是因为她的情绪太过激动，以至于她在床上躺了半宿都无半点睡意，好不容易熬到了半夜，小豆芽方才从床上爬起，一番简单的洗漱后便塞给她一个面具。

那是个看起来十分古怪奇特的面具，通体漆黑，又以鲜红颜料在其上绘了一朵血莲。阿苋盯着那古怪的面具看了半晌，不禁喃喃自语："又是红莲。"

她说话声音很小，小豆芽并未听到这四个字，只是催促她赶紧把面具戴上，且叮嘱整个过程都不能将面具拿下来。

戴上面具的阿苋与小豆芽再度回到那座凶宅，此时的凶宅前已经聚集了近百人，且每一个人都戴着红莲面具，在小豆芽的带领下爬上阴山山顶。

听小豆芽道，祭台设在这座山丘上。阿苋也不是没来过阴山探寻，只是始终没有机会登至山顶，直至今日她方才知晓，那所谓的圣地根本不在山顶之上，而是在一个十分不显眼的山谷里。

抵达那所谓的圣地后，阿苋方才发觉，整个丐帮的人比她原先想象的还要多，光是总舵便有近两百人，与另外五处分舵加在一起帮众竟有两千人之多。

自从抵达祭台后，小豆芽便不曾与阿芫再说话，倒是正中阿芫下怀，她不动声色地扫视着周遭一切。

高处立着与诸位帮众一样戴着红莲面具的帮主及副帮主。

帮主身形伟岸，这般不言不语地立在高处，无端地给人一种杀气腾腾的压迫感。

如此一来，阿芫越发能肯定，此帮主绝非寻常人。

阿芫仗着自己戴了面具，身形又隐在夜色中，打量帮主的眼神便越发不加收敛，堪称肆无忌惮。她一边打量，一边在脑中回想，自己可曾见过这般人物。

副帮主像个巫师似的，一直叽里咕噜念着些阿芫听不懂的话语，待至他停下，身后又突然传来一阵整齐划一的怒吼声。阿芫竟没想到，身后竟有个大坑，一群帮众在副帮主的指令下围着那大坑站了足足三圈。阿芫站在小豆芽身边，与坑离得近，一下便瞅到，坑下的人正在用锄头挖土，坑内是一具又一具或是腐烂、或是半腐烂的尸体，那些尸骨的排列方式与明月山上的那个尸坑几乎一模一样，待到每一寸土下的腐尸皆露出地表，那群掘土者方才停止吆喝，诸帮众又在副帮主的调遣下恢复最初的队形。

随后，阿茕便看到一个牛高马大的叫花子扛来一个麻袋。

阿茕尚在猜测麻袋中究竟装了何物，下一瞬麻袋便被人一把撕开，露出一具雌雄莫辨的尸体。

阿茕才想着他们运来尸体究竟要做什么，那"尸体"便陡然尖叫着弹起，原来竟是个大活人。

那大活人仿似中邪了似的又哭又叫，甚至还妄图挣扎着逃走，却被那牛高马大的叫花子一把按在地上。从头至尾都不曾正常过的副帮主一副庄严肃穆的模样，拿着根被烧红的铁锥一锤子钉入那人脑颅，本还在挣扎哭喊的那人瞬间就断了气。随后那人就被撕裂了脖颈，汩汩鲜血不断流出，副帮主拿着一个容器放在下面接血。

目睹此过程的阿茕把拳头攥得紧紧的，心中暗骂，这群草菅人命的畜生！

接下来的步骤简直堪称恐怖，着实令人无法想象怎有人能做出这样丧尽天良之事，阿茕从一开始的悲愤渐渐变得麻木，只盼着这群畜生能快些被绳之以法。

整场祭典很快便步入了尾声，只见那气势不凡的帮主一声不吭地伸出手任凭副帮主以匕首割破他的手掌，他握掌成拳，狠狠挤出几滴血滴落在那盛满人血的容器中，接着副帮主便将那容器放置祭台之上。祭台上供奉着一座红莲雕像，副帮主嘴里哼着古怪的调子，载歌载舞地围着那神像一直跳。

阿茕看得心中直发毛，与此同时，那被放干了血的尸体便被人以麻绳吊着掷入坑中。副帮主唱了近一盏茶的工夫，方才停下，又转身端起那个盛血的容器走至尸坑前，一边围着尸坑转，一边念念有词地洒着血，直至一整盆血见了底，这场令人毛骨悚然的祭典方才结束。

下山往回走的时候，阿茕神思恍惚，明显心不在焉，小豆芽几度与她说话，她都未能反应过来。

见她这副模样，小豆芽不禁叹了口气，轻声询问道："你可是被吓到了？"

听到这话的时候，阿茕仍是两眼发直，隔了许久方才意识到小豆芽在与她说话，她几番犹豫，最后终于点了点头，又沉吟片刻，方才问了句："这坑里究竟埋了多少人？"

小豆芽并未回答，阿茕此后亦未说话，二人仿佛都有心事，此后一路无语。

　　回到小豆芽家时天将欲亮，纵然如此，二人仍是躺回床上，准备睡个回笼觉。

　　阿茕即将入睡之际，屋子里突然传来小豆芽的声音，他道："你是不是也觉得这样很残忍很可怕？"

　　他这话说得突然，阿茕犹自迷糊着，并未即刻接话。

　　接着又听他道："我初来此处的时候也是如你这般，既害怕杀人，又怕看到流血，甚至连同这样的自己都感到厌恶……"

　　他说到此处停顿了许久，也不知他究竟是在酝酿接下来的话，还是已然说完了自己所想说的话。

　　原本迷迷糊糊的阿茕突然有了几分清醒之意，她毫无遮掩之意地将自己心中所想说了出来，她道："我只是不明白为何要杀这么多人……那些人明明都是无辜的，都有父有母，有妻有儿……"话至此处，尾音已开始轻颤，听上去竟有几分哽咽。

　　小豆芽不知该如何接阿茕的话，只是道："既然不明白，便不要再去想了，你也会慢慢习惯的，只要习惯了便能想通一切。"

　　阿茕侧卧在床上，双手紧紧捏着被子，只有这样才能叫她平复下心绪。这样的事又岂能说习惯就习惯，莫说她只是潜入此处来寻自己母亲尸骨的，即便她真是为了复仇而不得不委身于此，也无法习惯这样的日子啊！

然而这还不是最令人心寒的，最最令人心寒的是，明明做着这种畜生不如的事，偏偏还有这么多人觉得理所当然。

阿苙竭力平复自己的心情，又隔了近半盏茶的工夫，久到小豆芽都以为她睡着了，她突然又问："那个坑里究竟埋了多少人？"其实，她接下来还想问，怎样的人才会被埋在这个坑里，只是太过直白，并不方便现在就问。

小豆芽依旧避而不答，只道了句："早些睡，今晚入夜还有活要干。"而后再未说话。

阿苙明白，此时还不到她继续深入打探的时候。

阿苙是在午时三刻起床的，临近入夜的时候，小豆芽方才带她出门。

此时的她也终于知晓，那群吃下致幻蘑菇炖狗肉的灾民究竟被带到了何处。

生辰八字全阴者便会被留下做生祭，其他不符合要求的，则被关押在一起。等到他们清醒，便会有专人给这群人上课洗脑，为时半个月，洗脑成功者将留在丐帮，如阿莞那般做血誓成为其中一员；洗脑不成功者，下场也是相当之凄惨，会直接被送去采生折割。

有了丐帮的大肆"捕猎"，城中灾民几乎都已绝迹，阿莞心情复杂至极，她本准备转身与小豆芽一同回家，却陡然在人群中看到一个熟悉的面孔——正是多日未见的二丫。

多日不见，二丫身上本就脏兮兮的衣裙显得越发脏旧，她双眼迷离，两眼呆滞，显然是才吃完致幻蘑菇炖的狗肉。

小豆芽瞧她神色有异，刚要顺着她的视线望过去，阿莞便已将目光猛地抽回，满脸疲倦地对小豆芽道："我好累，咱们快些回家吧。"

这一夜阿莞又失眠了，她辗转反侧地在床上滚了一整夜，脑袋里满满的都是二丫。

翌日清晨天一亮，她便爬了起来，很是异常地给小豆芽备好了朝食。

她厨艺不佳，即便煲个粥都只是勉强能入口，着实算不上好喝，纵然如此，小豆芽仍是不声不响地比平日里多喝了一碗。

用过朝食后，二人一同动身前往总舱。

　　这一整日阿茕都变得十分积极，相较昨日，脸上终于露出了几丝笑意。

　　小豆芽暗中观察了她好几通，只能将一切异常都归咎于自己昨晚说的话。他想，她大抵是真有努力使自己变得习惯吧。

　　阿茕今日要干的活是坐在一旁观看那些口沫横飞的乞儿给灾民传教。她自誉舌灿莲花巧舌如簧，但在这些乞儿面前仍是甘拜下风。若不是她的意志足够坚定，怕是连旁听的她都要被洗脑，更遑论那些被喂食大量致幻蘑菇而神志不清的灾民。

　　她的视线时不时地在二丫身上游走几圈，思量着自己该以何种方式将二丫偷偷放出去。虽然她也不忍心看到别的人受丐帮摧残，却暂无将灾民们全部救出去的能力，只能优先二丫。

　　临近午时的时候，阿茕以要上茅房为借口出去了一趟，实际上是绕到了堆放柴火的柴房，点燃一个火折子随手丢进柴房里，确认有柴火被点燃后方才回到原地，继续观看那几个小乞儿给人传教。

　　约莫一盏茶的工夫后，柴房终于烧了起来，熊熊烈火直冲天际，几乎映红了半边天际。

丐帮之人本就是掩人耳目悄悄住在这座凶宅里，即便走水了也不敢大肆喧哗吵闹，在小豆芽的组织下静默无声且有条不紊地提水灭火，阿茕便趁这个时候牵着二丫的手一路狂奔。

此时，所有人的注意力都被那熊熊烈火所吸引，该不会有人注意到她才是，却不料恰好有个躲懒的小乞儿藏在后门的草丛中，亲眼看到她将后门打开，放走二丫的整个过程。

她以为整个过程天衣无缝，放走二丫后还特意多走了几步路，方才慢吞吞地提着水来灭火。

这场火被发现得早，倒是一会儿便被扑灭，阿茕装模作样地浇了几桶水后便走至小豆芽身边，一脸慌张地问："这么大的火会不会引来外面的人呀？"

小豆芽手中的事情尚未做完，听了阿茕的话也只是笑笑，道："不必担忧，即便是被发现了，我也有应对之策。"

阿茕很想问问他的对策究竟是什么，最后还是将这疑问生生咽回肚子里。

小豆芽尚有一堆的事需处理，瞧阿茕无事可做，索性叫她回家歇息。

几乎就在阿茕前脚刚迈出凶宅时，那个目睹阿茕放走二丫的小乞儿后脚便走了过来，神秘兮兮地扫视一圈四周，确认此时无人盯着他看，方才觍着脸走至小豆芽身边，动作浮夸地朝其鞠了个躬，以手掩面道："小的有话要与总舵主说，可方便移步细谈？"

这小乞儿一看就不是什么善茬，尖嘴猴腮，眼神混浊，生了张典型的市井小人脸。

小豆芽不动声色地将其打量一番，少顷眉头一挑，竟真乖乖跟在这小乞儿身后走。

小乞儿一路引着小豆芽往阿茕放走二丫的后门方向走，最后停至他先前藏身的那团草丛前。

由于小豆芽此时距离草丛较近，故而一眼便看到被人五花大绑丢在草丛中的二丫。

他尚未开口提出质疑，小乞儿已然搓着手，邀功似的道："我方才看到您带回来的那个叫阿桐的女人想偷偷把她放走，然后就顺手把她给绑了回来，嘿嘿……"

小豆芽在听到"阿桐"二字时不禁面色一沉，隔了半晌，方才挤出一丝笑意，对那小乞儿道："你做得很好，过来领赏。"

小乞儿一听"领赏"二字，眼睛里都要冒出绿光，连忙缩着身子贴了过去。

·ー〉

小豆芽却在他靠近时，又问了句："除了你，还有谁看到阿桐偷偷放人之事？"

急着邀功的小乞儿摇头似拨浪鼓："没有，没有，除了我再无其他人看到。"

"既然如此，那正好。"小豆芽神色忽而一暗，猛地抽出一把匕首插入小乞儿心口，笑吟吟道，"你生而为乞儿，活着也是白受罪，倒不如早日归西，脱离这片苦海。"

二：我能找到，只要看见，我便一定能认出来。

此时此刻，坐在小豆芽房内给白为霜偷偷写书信的阿茕自不晓得究竟发生了什么事。

令人不解的是，小豆芽当日回家与往常无异，并未主动提起此事，他不提，阿茕自无处知晓。

小豆芽大抵真是有意栽培阿茕，每日给她安排的活计都不尽相同，次日他又差人带阿茕领着一批乞儿去街上与人传教。

他们自是接触不到那些达官贵人，先从愚昧无知的老弱妇孺开始，不断夸大当今天子的罪行，又道大周气数将尽，诸如此类。

　　阿茕从头至尾都冷眼旁观着，这些伎俩看着不入流，实际上，影响力远比想象中大，否则祭典当日又岂能看到数量如此庞大的一批信徒。

　　整个过程，阿茕都一副兴致缺缺的模样，陪同她一起来的小豆芽询问了句："你今日怎的看起来一点也不开心？"

　　阿茕面带倦色地笑了笑，道："兴许是太累了吧。"

　　小豆芽明明看出了阿茕的敷衍，也不将其戳破，只道了句："那你早些回去，好好歇息。"

　　阿茕走得急切，甚至都来不及看清小豆芽的表情，人便已跑得消失不见，丝毫未发觉，在她走后，小豆芽顿时面色阴沉似水。

　　眼看就要过了用晚膳的时间，小豆芽都还未回来。

　　阿茕却意外地在小豆芽房中寻到一封未署名的密函，密函尚未开封。阿茕小心翼翼将信封拆开，只见里面卷了张写满地址与名字的生宣纸，精确到哪一户人家的哪个人，名字之后或是用鲜红的朱砂写了个触目惊心的"杀"字，或是写了个令人胆战心惊的"祭"字。

　　阿茕虽无法完全看懂这封信笺所表达的意思，心中却已猜出了个大概，只是不知真相是否与她想的一致。

她猜，那些被批注了杀字的人最终结果，不是如她母亲及苍家大少那般被吸干了血，便是如苍家家主那般被人用铁锥在脑后生生凿出一个洞。

至于被批注祭者，估计就是想办法将这些人掳走，如当日那般在祭台上将其活活杀死，做生祭。

她又认认真真地将这封信笺看了一遍，试图在短时间内记住信上所有内容。

她才记住第十个名单，身后便突然传来个阴恻恻却又带笑的声音："你在做什么？"

阿茚被这突如其来的声音吓一大跳，下意识地捏紧了手中的信封，本欲将其藏起，下一瞬，小豆芽便已迈步而来，直接从她手中抽走那封信，低头瞥了眼，语气不明地道："一封信罢了，姐姐若是想看，和我说便是。"

阿茚压根猜不透小豆芽究竟打的什么主意，却未在这一点上死磕，脑子飞快地运转，下一瞬便泪眼蒙眬望着小豆芽，道："我们能不能离开这里，不要再杀人了？"

小豆芽直接忽略她的话，低头粗略地将这封信扫视一眼，便将其烧了。

跳跃的火光映照在他脸上，有种说不出的瑰丽魅惑，他的脸忽明忽暗，辨不出情绪。

虽然这个过程只持续了一瞬间，在内心忐忑的阿苠看来，却漫长得犹如过了一个世纪，她不知小豆芽接下来究竟会怎么做，酝酿了这么久的计划或许就要在顷刻间被人全盘推翻，甚至……她都不知接下来是否有生命危险，她为人向来薄凉，若是到了性命攸关之际，定然会毫不犹豫地杀了这孩子来保命。只是她不想走到这一步，不仅仅是不想浪费自己这些天来吃的苦，更不愿以这种方式来终结这个孩子的生命。

阿苠心中千回百转，将一整封信烧成灰烬的小豆芽已然将目光投至她身上。

不似初遇时那般阴冷狠戾，亦不含任何情绪，平静到令阿苠心悸，她的手指已然悄悄搭上右手手臂，随时都能从右手衣袖中射出一支袖箭夺走这孩子的性命。

也不知小豆芽究竟盯着她望了多久，后来竟悠悠收回了视线，只轻声与阿苠道："你如今只是不习惯罢了，再过不久便能习惯这样的日子，所以，以后再也不要做偷偷放人这种事。"

他声音清浅，不曾咬一个重音，阿茕却险些站都站不稳，犹如胸口中了一剑，她讷讷地盯着小豆芽望了半晌，许久才找回自己的声音，她道："你把二丫怎么了？"

即便小豆芽不认识二丫，也能大致猜测出二丫就是阿茕放走的那个小姑娘，他嘴角微微一翘，很是干脆利落地道："杀了。"

"杀了？"这下阿茕是真没法站稳了，跌跌撞撞地后退两步，仍是一副不敢相信的表情。

小豆芽凝在嘴角的笑意尚未散去，动作轻柔地拍了拍阿茕的肩，又道了句："下不为例。"

阿茕不明白，他怎能这般轻描淡写，仿佛杀的不是一个人，夺走的不是一条鲜活的人命，而是随手掐死了一只蝼蚁。明明是他的错，而且还错得这般离谱，这般令人心寒，凭什么他还反过来教训自己？

她抑制不住地怒吼，冷眼质问着："她还只是个孩子，才满十岁而已，你又怎下得了手？"

小豆芽脸色骤变，连眼神都顿时冷却："她若是真跑了出去，一切都将败露，不是她死，就是我们死。"

这个道理阿茕不是不懂，只是一时无法接受二丫的死讯，她尚在为自己的过失而感到懊恼，小豆芽便又冷笑着道："还有……"
说到此处，他深深望了阿茕一眼，方才继续道，"你千万要记住了，
那小姑娘本不会死，是你一手终结了她的性命，若不是你存着这所
谓的善心，又无承载这份善心的能力，她又岂会死在我手上？"

一字一针，字字锥心。

阿茕紧咬着牙关，面色苍白。

小豆芽却仍不准备放过她，越说表情越狰狞，几乎是用吼的，
甚至还带着几丝颤音："怎么？你这是生气了？还是良心不安了？
既然如此，你当初又何必救我？我从来就不是什么好人，只要活着
就注定会继续作恶！"

说到此处，他眼眶里已明显泛着微薄红光。

阿茕脑子一片混乱，不知该如何应对明显失控了的小豆芽。

尚未想出一丁点头绪，小豆芽便已推门而出，徒留她一人待在
房中。

他这般做只会令阿茕脑子越发混乱，依旧想不出任何应变之计，
只能将自己缩成小小一团无助地抱住膝盖。她不停责怪着自己的无
能，随后又开始悔恨，悔恨自己当初不该放走二丫，悔恨自己不该

自以为是地说出那种话来刺激小豆芽。

她独自一人蜷缩在床上发了很久的呆，久到桌上的饭菜都变凉了，久到窗外明月都攀上了树梢头，而小豆芽一直都不曾回来。

长时间的静处终于使阿荑冷静了下来，她将一切不该出现的情绪统统压在心底最深处，已然做好对小豆芽道歉，讨他欢心的准备。

才踏出房门，便见小豆芽一脸无助地将自己团成一团，蜷缩着坐在门口，阿荑愣了愣，试图去喊他，他却猛地抬起头，满脸戾气地对阿荑吼："滚！"

这一个"滚"字彻底浇灭了阿荑的热情，就在她转身离去的那一刻，又听小豆芽一声歇斯底里的"别走，回来"。

阿荑身体骤然一僵，慢慢转过身。

将半边身子藏匿在黑暗中的少年扬起微笑："阿桐姐姐，过来抱抱我可好？"

不曾料到小豆芽竟会说出这种话的阿荑几乎就要被吓得惊叫出声。

竭力将惊吓尽压心底的阿荑犹豫着走了过去，却在看到小豆芽那张不含任何杂质的笑脸时，毫不犹豫地张臂抱住了他。

少年的身体如肉眼所见般的瘦，却并不硌人，只是胸前温度凉得吓人，她试图从惊愕中找回自己的声音，踌躇良久，最终也只问了句："你怎么了？"

小豆芽摇头不说话，沉默良久，方才道："今日是我的生辰，我十六岁了。"

听到这样的话，阿茕越发不知该如何是好，总不能在这种情况下突然说句生辰快乐吧。

又是许久的沉默，她方才扬起一抹笑，道："家里可有鸡蛋和面？我去给你煮长寿面。"

小豆芽听罢，只摇摇头，道："我不爱吃面。"

阿茕简直不知所措："那该怎么办？今日好歹是你的生辰呀。"

小豆芽面上的笑又尽数敛了回去，声音却依旧是柔和的，像是一片洁白的羽毛飘呀飘呀飘，落到了阿茕心尖尖上。

"我什么也不想吃，你抱抱我就好了。"

阿茕不知该拿这孩子怎么办，焦虑中又夹杂着一丝心疼，她突然回想起住到这间屋子的第一夜，自那以后，小豆芽便未再让她讲过故事，不知怎的，她突然就来了兴致，道："你可还要听我讲故事？"

怀中的少年并无任何反应，阿茕下意识低头去看，却见他长长的眼睫覆盖着下眼睑，已然入睡。

翌日清晨，阿苤是在小豆芽床上醒来的，只不过小豆芽人已不见，桌上是他留下的热乎早点，竟是一碗撒了葱花、卧着鸡蛋的长寿面，面碗下压着张字迹尚未干透的字条。

她轻轻将碗挪开，只见字条上写着一行娟秀的簪花楷：

"你若不喜欢丐帮，从今以后便不必再去了，你的仇，我自会替你去报。"

阿苤捏了捏字条，心中五味杂陈。

这个孩子……

她尚未来得及发出任何感叹，窗外便飞来一只夜鸦，陆九卿竟又给她传书了。

这次装在竹筒里的内容着实令人惊骇，陆九卿竟叫她做好撤离的准备，白为霜已然部署好一切，只等在丐帮下一次做生祭时前去围剿。

阿苤不知白为霜动作为何如此之快，转念一想，两月之期也确实快过完了。思及此，她又慌又欣慰，慌的是自己尚未找到自己母亲的尸骨，欣慰的是那些恶人终于将被人所收拾。

事已至此，想再多也是徒劳，阿茕幽幽叹了口气，将看过的字条丢进油灯中烧毁，待到洗漱完毕，便动身去了丐帮总舵。

这还是阿茕头一次一个人前往总舵，与小豆芽来过多次的她倒也记住那敲门的频率了，开门者依旧是那个老乞儿，阿茕并未与其废话，很是直接地问了句："总舵主在哪儿？"

现如今谁人不晓阿茕乃是总舵主眼前的红人，见了阿茕，老乞儿那张老脸几乎都要笑成一朵花，二话不说便领着阿茕前往小豆芽在总舵的书房。

经历过昨夜之事，再见小豆芽难免会有些尴尬，小豆芽亦如此，二人相顾无言了好一会儿，还是小豆芽率先打破了沉寂，他道："你来做什么？"语气并不差，亦不像是在对阿茕进行质问，十分简单的一句话。

阿茕想了想，只道："我想通了很多。"

她这话叫小豆芽握着笔的手一顿，眼睫一掀，小豆芽又道："想通了什么？"

"想通了许多呀。"阿茕抿唇一笑，"不论如何，我的仇都该由自己亲手来报。从此以后我也不会再妇人之仁，会如你所说，试着去习惯这一切。"

　　小豆芽嘴唇紧抿，既看不出悲亦看不出喜，一时间叫阿芫看不真切。

　　又隔了良久，他方才掀唇一笑，道："既然如此，你便过来，与我一同商讨下一次的祭典。"

　　小豆芽大抵是真有意栽培阿芫，整理了一大摞文献给阿芫看。

　　起初阿芫并不知晓，她折腾了这般久都未能挖掘出的真相，竟会这般轻易地呈现在她眼前。

　　文献上记载的东西太多，阿芫整整看了一上午方才看完，内心几乎可以用波涛汹涌来形容。

　　原来丐帮是在二十三年前成立的，根基在大周以南的南诏。

　　阿芫从未去过南诏国，只听人说南诏国多爬虫毒雾，国人擅使巫蛊之术，除此以外对这个南陲小国一无所知。

　　除此以外，她还得知了一个十分重要的线索，原来丐帮每月的祭典竟如此复杂，每月月初阴山尸坑都得做生祭，除此以外，月末还需用一个阴年阴月阴日阴时生的女尸来填坑。

　　而阿芫母亲的生辰恰好符合这个标准，如若没猜错……她的尸首定然被偷出，填了那尸坑。

正所谓踏破铁鞋无觅处，得来全不费功夫。阿茕手指紧紧捏着书页，整个人兴奋到连指尖都在轻颤，而今的她无比期待次月初祭典的到来，一切的一切也都将终结。

半月后，恰逢月末，正值初夏。

当日入夜，阿茕破天荒地做了顿饭给小豆芽吃。

她的厨艺着实上不了台面，纵然只是一道再寻常不过的家常菜也耗了她不少心思。小豆芽盯着眼前那碗红烧肉看了许久，嘴角漾出个细微的弧度。

他在笑，不似平日里那般灿烂炫目，却是发自内心地在笑，笑意融化了浮在眼睛里的浮冰，直达眼底。

他似是舍不得吃那碗红烧肉似的，夹起一块细细端详了近半盏茶的工夫，方才整块塞入嘴里。

阿茕深知自己的厨艺究竟有几斤几两，从他吃下肉的那一瞬便满脸紧张地望着："怎么样？怎么样？味道可还好？"

小豆芽未语先笑，明明算不上多好的菜肴，他却仿佛吃出了佳肴的味道，眼睛弯成月牙儿的形状，道："好吃！好吃！"

听闻这话，阿茕也只是微微笑了笑，道："好吃便多吃些，你尚在长个，多吃些肉才能长高。"

一连半碗红烧肉下腹，小豆芽方才反应过来，阿芫从头至尾都不曾动筷，从始至终都在看着他吃，于是便问："你自己为何不吃？"

阿芫微微摇了摇头，道："你吃便好。"

小豆芽尚有些摸不着头脑，阿芫又朝他一笑："你是个好孩子，总有一日能忘掉过去，重新过日子。"

直至此时，小豆芽才恍然发觉阿芫看起来有几分古怪，尚未来得及发出质疑，便脑袋一沉，"砰"的一声栽倒在地。

天色渐黑，夜色穿透窗棂，一点点漫进屋子里，阿芫静静靠在窗台上，看着屋外烟花升起又落下。

烟花虽美，却是杀戮前的信号。

她知道，白为霜此时定然已经开展行动。

当最后一朵烟火湮灭在夜空中的时候，阿芫终于起身，头也不回地离开这间住了近两个月的屋子。

待阿芫抵达阴山，已是半个时辰以后，整座阴山几乎可以用血流成河来形容，她骑着马一路朝山谷所在的方向走，遍地是尸骸，满脚黏腻，仿若修罗炼狱。

她不知此处究竟发生了什么，亦懒得去联想当时的场景，勒紧
缰绳，一夹马腹，再一次提速，直冲入山谷里。

令她没想到的是，白为霜竟还留在这里，他一袭玄衣，上面覆
着泛着寒气的铠甲，是阿茕从未见过的肃杀肃穆，阿茕怔在了原地，
一时间不敢靠近。

察觉到阿茕已然到来的他恍然抬起了眼帘，定定望向阿茕，道：
"就知道你会在这时候来。"

这话说得着实叫阿茕感到意外，却也只是掀唇一笑，道："自
然要来的，里面可是埋着我娘亲的尸骨。"

白为霜并未与她在这一问题上多纠结，又道："十五年来，埋
了这么多的尸骨，你又如何能分辨出哪具是你母亲的尸骨？"

这个问题藏在白为霜心中太久，一直都没机会问出口，只是话
一出口，他又莫名觉着懊恼。

他所说不假，要在这样一个尸坑中寻出她母亲的遗骨，无异于
大海捞针，只是这话说出来着实有些伤人。

白为霜犹自懊恼着，阿茕却神色清浅地弯唇一笑，信誓旦旦道：
"我能找到，只要能看见，我便一定能认出来。"

第九章

一："别哭，我很喜欢很喜欢你呢，还有，那天你烧的红烧肉也十分美味……"

既然阿茕都已这么说，白为霜也再无与她在这个问题上过多纠结的必要。只见他右手一挥，便有一群同样穿着铠甲的士兵蓄势待发，从暗处走出。

阿茕不知他究竟有何意图，率先跳入那尸坑里。

白为霜见之，亦随之跳下去。

阿茕自是想不到白为霜会主动跳下尸坑来帮自己挖尸骨，稍稍一愣，便道："不必了，我自己可以的。"

白为霜丝毫不给阿茕置喙的余地，说了个不容辩驳的理由，他道："本王是这楚地的君，自然要妥善处理这些不幸丧生的子民。"

他这么一说，倒成了阿茕自作多情了。

阿茕而今一心只想挖出自己母亲的遗骨，并未在意这等小事，况且即便是在意了，也无从反驳，便就这般默认了。

尸坑中的尸骨比他们想象中的还要多，阿茕、白为霜以及那群穿着铠甲的士兵不停不歇地统共挖了三个时辰，直至破晓天明，那个仿似无底洞的尸坑方才见了底。

眼看坑中只剩最后几具尸骨的时候，阿茕突然僵住不动了，她两眼湿润地望着其中一具尸骨，喃喃道："找到了。"

随着她声音的落下，白为霜连忙朝她所说的方向望去，一眼根本看不出任何异常之处，阿茕却红着眼圈抱住那具狰狞可怖且沾满泥土的白骨，不停地重复那句话："找到了，终于找到了……"

她之所以这般信誓旦旦地说，只要看到，便一定能找出，并非没有任何理由。

她的母亲并非完整之躯。

那件事发生在十五年前，那日何氏不知因何事而心生不悦，只不过这一次她并未将气撒在芸娘身上，而是借机发挥，说阿茸偷了老爷送给她的首饰。

那时，阿茸不过是个五岁大的孩子，根本不曾做过这样的事，自然是被吓得不停地哭泣。时隔太久，即便是当事人阿茸都已记不清多少细节，只记得那时何氏死咬住她不松口，非要将她送去受家法。芸娘跪在她脚下磕破了头都未能换来她一句饶恕，后来还是芸娘以自己的双手换来阿茸的安稳。

彼时的阿茸又岂知晓，何氏用心歹毒，一开始的目的便是要毁掉芸娘的手。

芸娘容貌倾城又有一手冠绝楚地的琴技，何氏动不得她的脸，便千方百计想要毁掉她的手。她倒要看看，一个指骨尽断的狐媚子究竟还能拿什么来勾引老爷！

陷入往事中的阿茸泣不成声，直至哭得再也流不出一滴泪，方才嘶哑着喉咙恳求白为霜再留给她一点时间，待到她埋葬好芸娘，便任凭其发落。

白为霜面上无悲无喜，只道了个"好"字。

三日后，宜动土宜入葬，阿茕亲手修葺好芸娘的坟茔，待到芸娘入土为安，方才前往世子府负荆请罪。

她才走进闹市，便看到一堆人疯狂往北街菜场跑，不明所以的她随手拉了个人询问一番，方才知晓，原来是当今圣上要斩杀镇西大将军。

这些天，阿茕几乎是两耳不闻窗外事，又拽着那人询问了一番，方才知晓，原来这镇西大将军勾结外党，意图扰乱朝纲，故而斩立决。

阿茕虽对那镇西大将军有所耳闻，却从未见过其本尊，又想着，这等情况下，白为霜定不在世子府，便勒着马往刑场赶。

正如她所预料，白为霜果然身在此处，而刑场上跪着的镇西大将军她莫名觉着眼熟。她揉着隐隐作痛的太阳穴，仔细回想了一番，方才想起，她为何会觉镇西大将军看上去眼熟了。撇开脸不说，镇西大将军的身形简直与她当日在丐帮祭典上看到的帮主一模一样，再结合圣上给其安的罪名，她莫名觉得浑身发凉，很多从前都解释不通的东西瞬间便统统有了答案。

阿茕站在人群里，望着那个身影怔怔发呆，不曾感受到人群中有一道毒蛇般的目光将其牢牢锁定，直至镇西大将军人头落地，那道目光方才从她身上撤离，如同一尾潜入水中的鲤，消失在茫茫人海里。

人群逐渐散开，白为霜冷着脸与楚国公一同走下高台，步步走向抱着必死决心的阿茕，依旧用那干巴巴、无任何感情的嗓音与楚国公道："她便是苍琼，这次最大的功臣。"

早已做好心理准备的阿茕被白为霜这席话惊得合不拢嘴，才准备张嘴说些什么，便听楚国公笑着道："阿霜已将所有事告知本王，苍姑娘有胆有谋，真真是不输任何男子的巾帼。"

阿茕犹自蒙着，没能缓过神来，楚国公已然笑着离开，又道了句他定当将一切禀明圣上，阿茕越发觉得摸不着头脑。

楚国公前脚才走，阿茕便立即将求助的目光投至白为霜身上，欲开口询问究竟发生了什么。不料横冲直撞跑来一个气喘吁吁的人，此人满头大汗，头上那顶青玉冠都歪得几乎要垂落在地，甫一瞧见阿茕与白为霜便捶胸顿足道他竟错过了一场大戏，一语毕，又噼里啪啦接着说了一大堆诸如他早就看镇西大将军那货不顺眼了，到头来还真是个卖国贼此类马后炮的话。

白为霜理都不想理他，白眼几乎就要翻破天际。

那人也不觉自己聒噪，才噼里啪啦说完一通话，又将不怀好意的目光投至阿苇身上，道："啧，想不到你还真是个姑娘家，可真有能耐啊。"

此人一副贱兮兮又油腔滑调的模样，不是江景吾又能是谁。

然而阿苇此刻却没有与他"狼狈为奸"嬉笑成一团的打算，脑子里混乱得很，一下子在想楚国公那些意味不明的话，一下子又在想，自己当初的猜测果然没错，镇西大将军既勾结外党成立了这个丐帮，企图扰乱朝纲。那么也就解释了为何不论是那吹骨笛的驱蛇人还是致幻蘑菇都来自南诏国。

阿苇面色忽白忽红，江景吾也没瞧出个所以然来，仍在滔滔不绝地道："这下你可安心了，你能立下这等大功，又有我家小霜霜与小霜霜他爹替你美言，圣上定然不会怪罪你女扮男装之事的！"

有了江景吾这和稀泥的货，阿苇心中仿佛被人抛下一块巨石，砸得她一时间回不过神来，更不知该说怎样的话来感激白为霜，怔怔地望着他，久久不能言语。

奈何白为霜这人向来别扭不解风情，稍有几分尴尬地咳了一声，方才别开脑袋，躲避着阿茕的视线，口不对心道："即便圣上能放过你，本王也不会轻易放过你。"接着竟红着耳朵，逃也似的疾步走远。

江景吾仰头狂笑三声，拍了拍阿茕的肩，便追了上去，徒留阿茕一脸蒙逼地站在原地，轻声嘟囔着："这都什么跟什么呀。"

五日后，又有一道圣旨自帝都传来。

圣旨上之乎者也地说了一大通，通俗点来说，就是讲阿茕女扮男装本犯了欺君之罪，却有一腔热血，纵然是个弱女子却有勇有谋，只身潜入乞儿窝，以一己之力破下这等悬案。圣上呢宅心仁厚，就不予追究这欺君之罪，只不过呢，阿茕这七品芝麻官也没得当了。

总的来说，是个好消息，大大的好消息。

凭这道圣旨能够猜测出，白为霜将所有的功都堆在了阿茕身上。

说不感动也是不可能的，更何况从一开始她就误会了白为霜。

阿茕心中感慨良多，屋外忽而传来一阵轻微的敲门声。

原来苍家亦得到了这消息，特此赶来请阿茕回去。

阿茕听闻只是冷冷一笑，心想苍家消息倒是灵通得很，她自然不会拒绝苍家的盛情邀请，此番不但要去，还需盛装而去。

苍家的夜宴设在次日戌时。

这日，阿苿起了个大早，一整天什么都没做，光是衣服就换了不下三十套，或是太过隆重，或是不够镇压全场，换来换去，最终敲定一件绛紫色的广袖对襟襦裙。

阿苿穿惯了男装，后来虽也穿过一两次女装却都不是这种广袖的礼服，头一次穿上还真有几分不习惯，一番盛装打扮后，约莫又过了半个时辰，苍家的马车方才抵达。

阿苿此时住在有凤来仪客栈，但是自打她回来便再没见过陆九卿的身影，而今整个客栈都是交由那公鸭嗓来打理。

阿苿与公鸭嗓交代了几声，便提着裙摆踏上马车。甫一推开车门，便有个熟悉的身影跃入眼帘，她瞪大了眼睛，本欲惊叫出声，那人却用尽蛮力将她往车内一拉。

整个动作太快，阿苿甚至都未能反应过来，便被人以迷药浸湿的手帕捂住了口鼻。

而那辆本该前往梅城苍家的马车，却驶向了另一个方向。

待到阿茕醒来已是翌日清晨。

醒来时首先映入阿茕眼帘的是一树青翠欲滴的绿叶，再然后，便是小豆芽那张阴鸷的脸。

瞧见阿茕惊慌失措地从地上爬起来，小豆芽骤然放下手中活计，忽地朝她露齿一笑："多日不见，阿琼姐姐倒是越发美艳动人了。"他已知道她是苍家长女苍琼。

阿茕虽不忍心看着小豆芽丧命，却也并不代表她就能全然信任这个孩子。她脸上露出警惕的神色，连身上的灰都顾不上拍，只冷冷问了句："这是哪里？而你又要做什么？"

"这里？"小豆芽一挑眉，"云阳山，埋葬你父亲的地方。"

这个回答让阿茕眉头皱得越发厉害，小豆芽那副模样分明就是有话尚未说完，阿茕也不急着说话，只冷冷注视着他，静待下文，果不其然，很快便又听他道："你可还记得你父亲究竟是如何死的？"

这种事无须提醒，阿茕自然是记得的。

小豆芽话音才落，便又笑了起来，这一笑几乎叫阿茕全身汗毛都立了起来，因为她看到小豆芽笑容诡谲地拿着铁锤和一根铁锥做锤钉的动作。

阿茕还未来得及回答先前的问题，小豆芽便已回答："铁锥钉头，瞬间毙命。"

这种事不必由小豆芽再次复述，阿茕已然动了怒，紧紧捏着拳头。

小豆芽仍握着铁锤，一下又一下地敲打着那根铁锥，然后，他阴冷如毒蛇攀爬的声音缓缓淌出："他本不用这么早丧命，怪只怪，我抢先登上了总舵主之位。"

这句话中所蕴含的信息量可谓巨大，阿茕只觉仿佛有道惊雷自她脑子里炸开，两耳嗡嗡，几乎都要听不清小豆芽接下来的话。

他又笑着道："听不懂这话是不是？"

阿茕都不知究竟是该点头还是摇头，她又岂会听不懂这样的话？只是真相太过残酷，她宁愿真听不懂……

小豆芽又怎会给她这样的机会，笑容几乎残忍："你父亲险些成了总舵主，只不过被我抢先一步上位，事已至此，你该不会还不明白吧？"

阿茕也不是没有怀疑过自己父亲与丐帮有关联，只是她从不敢往那方面深究罢了。

看着阿茕脸上错综复杂的表情，小豆芽心中顿生报复的快感，他笑得嘴角几乎都要咧到耳根。

"要不要我再告诉你一件更残酷的事情呢？"

阿苿不曾出声，只用一双已然麻木的眼睛望着他。

他的声音缓缓流淌，无端令人联想到那些埋藏在地底的暗河中流淌过的水，他道："想必你也知道，能用以祭祀的都必须是阴年阴月阴日出生之人，而你母亲恰恰好便是这个时辰出生的女子，你以为你爹是真的想将一个娼妓娶回家做正房？别做梦了！他看中的不过是她的生辰八字，她是头一个被寻到的生祭者，故而死得十分痛苦，活生生被人撕开了喉咙，一点一点被吸干血而死的。"

听到这里的时候，阿苿已然止不住地轻颤，她紧咬着牙关，骤然又放松，无比轻蔑地一笑："他从来就不是什么好东西，即便没有你提醒，我也比任何人都清楚。与其将这些陈芝麻烂谷子的破事说给我听，倒不如直说，你将我带来究竟有何目的。"

也不知究竟是被阿苿这无所谓的态度所激怒，还是真被阿苿戳中了什么心事，他瞬间敛去一直挂在面上的笑容，咬牙道："你倒是什么都不在乎！"

对于小豆芽的这个问题，阿苿只觉好笑，反质问道："莫非你带我来这里就是为了说这个？"

小豆芽像是在竭力克制着什么，停了半晌方才又道："所以，对我也是这样，从未用过真心可对？"

这个问题一问出口，原本嚣张不可一世的阿茕瞬间愣住了，她足足沉默了一瞬，方才笑容可掬地道："既然你都知道，又何须多此一问？还有，麻烦你不要将背叛这顶高帽扣在我头上，我对你从来都只有利用，既然只是利用，便无所谓的背叛之说。"

阿茕这番话说得决绝，小豆芽无从插话。

二人皆陷入一种古怪的沉默之中，周遭静得可怕，阿茕身后却突然传来一阵细微的碎裂声，细细去分辨便能发觉，那是枯黄的落叶被人踩碎的声音。这个声音使得阿茕与小豆芽纷纷侧目，只是当阿茕转过头去的时候，整个人宛如遭到了雷劈似的僵在原地。

来者不是别的人，而是多年不曾正面相对的景先生。

今日的景先生风流依旧，只是身上所穿的那件绣满血色红莲的黑袍着实灼伤了阿茕的眼。

景先生的身份昭然若揭，只是阿茕怎么都没想到，连景先生都是丐帮人……既然他是，那么，陆九卿呢？那个身份成谜又正邪莫辩的陆九卿呢？

此时的阿茸只觉太阳穴那儿突突跳得厉害。

景先生却一如从前，甫一见到阿茸便道："多年不见，小阿茸竟出落成了这般水灵的大姑娘。"

阿茸几乎都要站不稳，她怔怔地望了景先生许久许久，方才找回自己的声音："想不到您竟藏得这般深。"

对于阿茸这席话，景先生只笑笑不说话，而后他终于将目光落在了小豆芽身上，颇有几分责怪之意："我一醒来便瞧见她不在了，还以为你将她偷偷放了。"

小豆芽在景先生面前倒是乖顺，只觉垂着脑袋道歉："属下有错，自当去领罚。"

最后一个字尚未落下，他便拽着阿茸往前一拖，大声吼道："还愣着做什么！快走！"

阿茸此时不仅穿着拖沓的礼服，身上的药效也尚未完全散去，几乎用一步三晃来形容都不为过。

她挣扎着跑开，小豆芽已然奋不顾身地抱住景先生。

见状，景先生也只是笑意盈盈地瞥了小豆芽一眼，说出的话却不似他眼神那般无害，直叫人心头发颤："不过是养的一条狗罢了，还真以为我舍不得杀你？"

余音消弭在一声"噌"的拔剑声中，长剑插入血肉中的闷响顿时传入阿茕耳中，她猛地一回头，就见小豆芽面色苍白如纸地趴在景先生身上，他嘴唇在不停地张合，只是重复着那两个字："快走！"

阿茕眦眦欲裂，一个猛冲便又跑了回来。

而此时小豆芽的表情不知是该用悲来形容，还是该用喜来形容，他先是垂着眼帘喃喃自语："你怎么就往回走了呢？果然还是在乎我的吧……"然后又有一抹悲戚自眼底划过，"你为什么不走？明明都叫你走了呀，还留下来做什么？"

阿茕仰了仰头，强行压下几欲冲出眼眶的泪水，换上一副淡漠神情与景先生道："我逃不了，也不准备继续逃，这孩子心口受了您一剑，怕是也活不了了，只求您念在咱们几年的师生情谊上，容我再与这孩子说几句话。"

景先生依旧保持着微笑，轻轻将软瘫在自己身上的小豆芽推往阿茕身上，以实际行动来回复阿茕。

景先生这一剑刺破了小豆芽的肺叶与心脏，此时的他呼吸已有些困难，却仍笑得像个孩子一样，他道："如果说，你第一次救我，只是为了使苦肉计，那么第二次，明知我定然会报仇，又为什么唯独放了我，留下我的性命？所以……你先前说的那些话都是骗我的对不对？"

阿茕无从辩解，小豆芽笑得越发璀璨："我就知道，你定然是在乎我的……"

阿茕越发不知该如何作答，只是止不住地流泪啜泣。

"别哭呀……"听到啜泣声的小豆芽声音听上去有几分担忧，"别哭，我很喜欢很喜欢你呢，还有，那天你烧的红烧肉也十分美味……"

二：你这样的人呀，哪家姑娘会不喜欢呢？

小豆芽死了，最终还是因阿茕而死。

之后的日子阿茕都在云阳山上度过，与明月山一样，云阳山上亦有景先生的别苑，阿茕的日常起居皆由从前杏花天上那胖童子来照料，与其说是照料，倒不如说是监视。

这样的日子也不知究竟过了多久，终于在一个天朗气清的午后，白为霜寻到了此处。

前去会客的景先生依旧穿着那袭绣满红莲的黑袍，脸上戴着做祭典时的红莲面具。

纵然如此，白为霜仍是一见面便认出了他，直言道："才多久不见，景先生竟变得无法以真容见人了？"

此言一出，景先生不禁怔了怔，倒是十分坦然地取掉了红莲面具，饶有兴致地问白为霜："你究竟是如何猜到的？"

"很简单。"白为霜的声音里依旧不含任何感情，"可我为何要告诉你？"

"有趣，有趣！"景先生听罢不禁仰头大笑，"小霜霜你可真是一如既往地有趣呢，我都舍不得杀你了。"

他话音才落，周身气质骤变，浑身散发出一股冰冷的气息，仿佛换了个人。

白为霜丝毫不为所动，他既然敢来，自是早有准备。不待他发出指令，便有一队手持弩弓的士兵自林中钻出，将景先生团团围住。

突遭此变故，景先生倒是从容淡定，眼中波澜不惊，甚至连眼皮子都不曾动一下。

阿苋如今尚在他手上，故而他底气足，知道白为霜不会不顾阿苋的性命与他缠斗。

既如此，他便越发有恃无恐，气焰颇有几分嚣张地道："小霜霜你这般乱来，莫非是想送小阿苋上西天不成？"

白为霜嘴角一扬，生生扯出个轻蔑的笑，他道："螳螂捕蝉黄雀在后，我便是那黄雀。"

话音才落，景先生方才察觉到有什么地方不对，就在他转身望向关押阿茸的屋子之际，胖童子已然领着阿茸从屋里走了出来。此时的阿茸与数日前小豆芽丧命时判若两人，她呈西子捧心状捂住胸口，且贱兮兮地浮夸地道："哎呀，我好怕，要被杀了。"

景先生睚眦欲裂，满脸不可置信地瞪着那从始至终都一本正经板着一张脸的抽条版胖童子，他机关算尽，却是怎么都没料到自己亲手养大的另一条"狗"也会背叛自己。

时间倒回七日前，小豆芽被杀的那一日。

彼时的阿茸犹自沉浸在悲痛中，抽条版胖童子在景先生的命令下将其关入建在悬崖边上的那座高楼里。

他一反常态，格外聒噪，一会儿问阿茸饿不饿，一会儿又问阿茸渴不渴。见阿茸从头至尾都无任何反应，他甚至还以手指头戳了戳阿茸的肩，阿茸不甚烦闷地抬起眼帘瞥了他一眼，却见他以食指蘸茶水在桌面写了个"陆"字。

阿茸顿觉不对，一把拽住他的手，才欲说话，便见他神色凝重地摇了摇头，复又指向自己。

胖童子这么一做，阿茕即刻便猜出，他定然是陆九卿的人。

接下来几日，胖童子不曾给阿茕提供任何线索，阿茕被困高楼中也没闲着，一直都在想办法给白为霜与陆九卿传讯，只是那景先生精得很，偌大一座楼中，既无纸墨笔砚也无任何能染色的东西，她纵然有陆九卿送的那只夜鸦也无法传信。

既无法自救，阿茕便只能将所有希望都寄托在胖童子身上。

事已至此，她对胖童子是陆九卿的人有了七八分的把握，也只有他是陆九卿的人才能解释得通那一系列古怪事。

阿茕还记得，白为霜当日曾说过，他认为七年前一箭射穿悬绳人，与六年后用一只歪脖子鸡将她引向尸坑的乃是一伙人，那伙人的目的正是为了揭露景先生，只是无任何人将矛头对准景先生罢了。

而今再回想起来，阿茕怀疑那些事都是陆九卿授意胖童子去做的，只是她不明白，陆九卿为何要这么做，究竟是有不得已的苦衷不方便出面，还是另有目的？

如今，所有人都露出了马脚，唯独陆九卿依旧叫她看不透。

余下的日子，阿茕便在这样的疑惑中度过，直至今日，白为霜突然"来访"，胖童子方才笑着与阿茉道："世子来了，姑娘请下楼。"

阿茉一时间闹不明白外面究竟发生了什么，仍是跟在胖童子身后走，再然后便看到这样一幕。

景先生对自己犯下的事供认不讳，却无任何悔改之意，只嘲讽一笑道："我并不是输给你们这两个黄毛小儿，而是输给了他。"

景先生虽未确切地说明那个"他"究竟是谁，阿茉却已猜到大抵是指陆九卿。

只是她真不明白陆九卿与景先生究竟有怎样的纠葛，即便是问白为霜，白为霜也一无所知，与阿茉一样猜测他们大抵是同胞兄弟，到头来还是只能说陆九卿太过神秘。

至此，这桩横跨十五年的吸血案方才真正完结，到此告一段落。

阿茉缓缓吁出一口浊气，本欲与白为霜告辞，却忽地脚下一软，整个人往前一栽，便再无任何意识，昏迷前的一刻，她隐隐约约听到一声又一声急切的呼唤："阿茉！阿茉！阿茉……"

阿茉再次醒来已经是翌日午时，令人感到惊恐的是，她竟发觉自己躺在一间红得刺眼的婚房里，被褥是红的，帷幔是红的，甚至连墙上都贴了大张大张艳红的壁花。结合先前的记忆，她只觉一股寒意顺着尾椎骨直往脑子里蹿，一个荒诞又离奇的念头无端占据了她所有的思绪，她……该不会是死了，有人在替她举办冥婚吧？

这个念头才从脑袋里冒出，她便不由得打了个寒噤，连忙从床上蹦起，胡乱穿好衣服便往屋外跑。

她才推开门，便有两个婢子急匆匆地跑了过来，颇有几分慌张地道："苍姑娘，您怎突然跑出来了呀，大夫说您这是个太过劳累，得多补补多歇歇才能养回元气。您呀，不管有什么事只管使唤奴婢便好，无须自己来的。"

这婢子倒是不面生，阿苍记得是白为霜府上的，从前只要她住世子府，便是由这个婢子来打理生活起居。阿苍与这婢子倒也算有几分熟悉，耐人寻味的是，从前这婢子虽也算手脚麻利却从未这般"贴心"过，始终与她隔着些什么，也就是说，一直都将她当外人来看的，正因从前如此，她才越发觉着这婢子今日有些热情过头了。

不过，阿苍而今倒是不想考虑这些，只想知道她为何睡在了一间婚房似的屋子里。

这个问题才从阿苍嘴中溢出，守在门外的两个婢子便不禁相视一笑，那个与阿苍更熟一点的笑盈盈道："苍姑娘刚醒来，不知道也是正常的，这次您又立了大功，圣上龙颜大悦，又觉赏您金银财宝太过俗气，索性下了道圣旨，给您赐了个婚。"

阿茕本就虚弱着，一听这婢子的话，吓得两腿一软，几乎又要晕过去。

好不容易才稳住心神的她颤声道："我这是要嫁给谁？"

"自然是咱们的世子大人呀。"说这话的时候，那婢子眼中的羡慕之意溢于言表，俨然一副恨不得代替阿茕去嫁的神情。

此言一出，阿茕整个人都不好了，几乎风中凌乱了，足足愣了三瞬，方才推开那两个欲再扶着她的婢子，道："你们走开，让我再躺躺，我一定是还没睡醒。"

她才欲转身踏入房门，身后便传来一阵咳嗽声。

两个婢子行了个礼齐声道了句："拜见世子。"相互对视一眼，便捂着嘴溜走了，只余门前僵着身子的阿茕与疾步走来的白为霜。

听到背后脚步声的阿茕连忙转过身来，却一下就对上了白为霜的眼。

凭良心来说，白为霜这次的眼神着实温柔，一点也不冻人，饶是如此，阿茕仍是止不住地打了个哆嗦。

再然后便是白为霜进一步，她退一步，不过多时，阿茕便被逼得无路可退。

阿茕也不知她今日怎就这么尿，一点也不似往日那般威风，竟声音颤抖着问白为霜："站着！别动！你要做什么？"

白为霜眼中的柔情随着她这话的落下，顿时转为鄙夷，很是嫌弃地瞥了她一眼，颇有几分无赖地道："你觉得呢？"

阿茕很是无辜地摇了摇头："不知道。"

"不知道你个大头鬼！"堂堂楚世子竟被阿茕一句不知道气得爆了粗口，也是相当得不容易。

白为霜很是无语地瞪了阿茕老半天，最后泄愤似的在她脸上捏了一把，眯着眼，一脸霸道地问："你到底想不想嫁给我，嗯？"

阿茕脸还被他捏着呢，怕是一说话就得流口水吧。

不过他倒也没给阿茕任何说话的余地，忽而璀璨一笑，道："不过你也无任何拒绝的余地，圣上都已赐婚了，不论如何，你都将是我的世子妃。"

他说这话的时候心情似乎很好，以至于掐着阿茕腮帮子的手也松了松，阿茕稍一用力便逃出魔爪，一边气鼓鼓地揉着脸蛋，一边叹气："你这人好奇怪，怎就不问问我是否喜欢你？"

　　此言一出，白为霜面色骤变，他才欲张嘴说话，却被阿茕抢了先机。

　　阿茕笑容灿烂，眼睛里泛起涟漪："你这样的人呀，哪家姑娘会不喜欢呢？"

　　即便阿茕都这么说了，白为霜仍是一脸紧张，生怕她下一句便会说出拒绝的话。阿茕却笑得像只坏心眼的小狐狸似的眯起了眼睛："你可知我从前为何总爱调戏你？"

　　白为霜自然一脸茫然地摇摇脑袋。

　　"喜欢你，勾引你呗！"

　　"……"

　　"哈哈哈……"反客为主的阿茕却在这时一把抱住了白为霜，"我是说真的呀，你长得这么好看，哪怕真是个姑娘家我都会喜欢的呀。可我一无显赫家世，二又身负血海深仇，又岂敢妄想嫁给你这等天之骄子，既然如此，倒不如调戏调戏你，多多占些便宜。"

　　阿茕说的倒是真心话，她是真喜欢过白为霜的，也知道自己与白为霜之间究竟隔着什么？她看似无赖，实则比谁都要傲气，既知不可能，倒不如直接断了自己的念想。

　　阿茕这一番话教白为霜感慨良久，一时无语的他，只定定道了句：

"你倒是用心良苦……"接着竟二话不说，便将阿茕打横抱起往床上丢，戏谑道，"既然如此……择日不如撞日，咱们现在就成亲如何？"

他将重音都压在"成亲"二字上，又是贴着阿茕耳朵说这话，听得阿茕老脸一红，才想着该如何扳回一局，屋外便传来了敲门声。

白为霜动作温柔地替她盖上被子，拍了拍她脸蛋，仍不忘调戏："这次就勉为其难地放过你。"

阿茕所不知的是，敲门者正是多日未与她相见的陆九卿，他此番前来，不是为别的，而是求白为霜让他再见景先生最后一面。

正如阿茕与白为霜所猜测，陆九卿与景先生乃是同父异母的亲兄弟，只不过景先生的母亲乃是南诏国当今的女皇，他所做之事在大周子民看来天理不容，可从他的角度来看，不过是替自己母亲扫清障碍。他母亲野心勃勃，妄图效仿前朝，以邪教扰乱大周朝纲，景先生不过是一颗实现南诏女皇野心的棋子罢了。

……

半个月后，阿茕身体已无恙，白为霜广发请帖宴请宾客前往他府邸喝喜酒。

　　在世子府内闷了大半个月的阿茕想亲手将请柬交到陆九卿手上，马车才抵达有凤来仪门前，便听人说陆九卿已离开天水府，有凤来仪现由胖童子接手打理。

　　阿茕失望至极，转而将请柬交由胖童子，由他代替陆九卿参加自己的婚宴。

　　马车骨碌碌远去，胖童子盯着那封请柬若有所思，隔了半晌方才叹了口气，与身后人道："明明好事都是您做的，为何偏偏就不肯承认呢？"

　　躲在他身后的人只温柔一笑："承认与不承认又有何关系？一切都已结束，我也该离开了。"

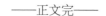

——正文完——

番外一

"世子妃有喜了！"

"什么？阿茕有喜了？"

……

此时此刻，传闻中有喜的世子妃阿茕，正如临大敌地盯着桌上那碗比墨汁还黑的安胎药。

是了，阿茕她天不怕地不怕，唯独怕喝药，从小到大几乎是喝一次哭一次闹一次，从无例外，即便这次碗里装的是所谓的安胎药，她！也！不！要！喝！

是药三分毒！对，药这种东西能不喝就不喝！

阿茕这般不要脸地为自己做着辩解，接着便开始毫无形象地抻着脖子四处张望，发觉无人盯着自己看，便赶紧推窗，把药泼了出去。

暗戳戳做完一切，阿茕神色如常地坐回椅子上，继而装模作样地捏着手帕擦了擦嘴角："这药可真难喝，快把碗端走吧。"

两个婢子正纳闷她怎会这么快就喝完了一碗药，就听窗外传来一阵鬼哭狼嚎："嗷嗷嗷……谁这么缺德，往窗外乱泼药！"

阿茕素来脸皮厚，纵然如此，仍能神色如常以茶漱口，俨然一副外面发生了什么她都不知的无辜神情。

两个婢子面面相觑，不曾料到自家世子妃竟这般无耻。

兴许是这一刻的氛围着实太过尴尬，阿茕漱完口便迫不及待地想将那两个婢子打发走，尚未来得及开口，就传来白为霜的声音。

"你做事倒是一如既往地干净利落，嗯？"

他一袭白衫，迎风立在屋外的玉兰树下，恍若堆积了满枝白雪的芝兰玉树，无端地便叫两个端药的婢子看红了脸。

看惯了这张脸的阿茕非但无任何反应，还打心底里嫌弃他撞破了自己的好事。

阿茕这货没别的，就是脸皮厚，既然被发现了，也不藏着掖着，索性再换一计，将话挑明了说。她眼珠子骨碌一转，不过须臾，便换上了一副笑脸。

她宛若一个二八少女似的，提着裙摆噔噔噔地跑至白为霜身边，两眼亮晶晶地挽着他的胳膊晃啊晃："小霜霜，人家不想喝药嘛！"

白为霜手背上的汗毛以肉眼可见的速度纷纷立了起来，表情也在某一瞬间发生了极其微妙的变化，沉默片刻，终于挤出三个字："说人话。"

阿茕才不会这般轻易就范呢，白为霜既这般说，她偏生就要对着干，于是笑得越发甜腻，整个人似八爪鱼般地挂在了白为霜身上："人家怎么就没说人话啦？"

着实受不了她这般做作的白为霜一记眼刀甩来，嫌弃之意溢于言表。

而阿茕自己显然也已装不下去，一把挑起白为霜精致的下颌，笑得一脸无赖："你娘子我体壮如牛，既能舞刀弄枪，又能拆房掀瓦，无须喝那劳什子安胎药。"

她这副嘚瑟的小样儿摆明了就在挑衅。

换作别的事，白为霜倒是还能纵容，怀胎之事岂能任由她胡来？他二话不说地抓住了她那乱动的爪子，嘱咐一旁围观看热闹的婢子再端一碗药来。

此言一出，阿茕脸都黑了一截，闷闷不乐地道："我这才怀多久！多吃些补品便好，为何非得喝药？"

白为霜向来就是个锯嘴葫芦，甭管阿茕如何发牢骚，他都视作耳旁风。直至婢子再端来一碗药，他一口一口吹凉了，方才抬起眼帘与阿茕道："这么大的人了，怎还怕喝药？"他的声调一如既往的平静，干巴巴的，宛如念经一样，阿茕却能从中听出一丝无奈来。

关于这种事，莫说是白为霜，就连阿茕自己也觉着无奈。

怕喝药就是怕喝药，能有什么办法呢？

就像有人怕死、有人怕蛇、有人怕虫，这些她统统都不怕，偏生就怕喝药，她也很绝望，她也很无奈呀。

阿茕犹自捂着脸感叹，白为霜却突然皱着眉头凑了过来。

尚未闹明白究竟发生了什么，白为霜的气息便与浓浓的药香融合在一起，一咕噜被她咽进了肚子里。

苦涩的药味在口腔里一层层漫开，她胃里一阵翻江倒海，想将药吐出，偏生又被白为霜的唇堵住了嘴，只能强行压下想吐的欲望，乖乖咽下所有药汁。

　　这一口药喝下去，阿茕的眉毛几乎都要皱成一团，一片混乱中，白为霜的唇终于撤离，他的声音亦在阿茕头顶响起："你既不乖，便只能由为夫亲自来喂。"

　　反抗的话犹在舌尖打着转，下一刻，唇又被堵上。

　　带着苦涩草药味的话语被迎面吹来的风冲散在空气里。

　　"还有整整一碗，咱们继续……"

番外二

你 是 陆 九 卿

陆九卿见到阿景的时候，他正倚在窗前吃糖豆，一口一颗，嘎嘣嘎嘣脆。

直至陆九卿停下步伐，站在牢门前，阿景方才抬起眼帘，笑盈盈地与他道："你来啦。"不是疑问句而是一切皆在意料中的陈述句。

陆九卿不知该与他说些什么，只沉默点头，却又听他道："小霜霜把我关进来的时候说，可满足我一个心愿，我脑子里第一个蹦出来的念头竟是想要再见你一面。可我知道即便我不说，你也会想尽办法来见我的，只是你不一定会给我带糖，于是，我便告诉他，我要一天吃一袋糖豆。"

这世间大抵只有陆九卿一人知道阿景嗜甜如命，一天不吃糖几乎就要活不下去。

不知可是被阿景的话扯动了心事，陆九卿静默无语地盯着阿景手中的糖袋望了许久，方才掀唇道："吃多了糖对牙不好。"

"我知道的。"阿景眉眼弯弯，笑容舒展，"从前你也总这般说，几乎见一次说一次，害得我都不敢光明正大地吃，只能到了晚上，偷偷躲在被子里吃，结果隔三岔五就闹牙疼。"

"这又岂能怪我？"陆九卿似笑非笑，满脸无奈，"是你自己馋，不听劝，又能怪谁？"

"是呀，我谁都不怪，既不怪你，也不怪自己，不怪任何人。"说到此处，他又往嘴里丢了一颗糖豆，"嘎嘣嘎嘣"地嚼了起来，"若能重来一次，我依旧如此。"

"说到底，你还是死性不改。"

"对呀，死性不改。"阿景弯了弯眼角，一阵脆响过后，陆九卿无比清晰地听到了他的声音。

"那你呢？你又可曾后悔过？"

"后悔？"陆九卿弯了弯嘴角，温润一笑，"绝不后悔。"

"我明白了。"阿景仰头倒下袋中所有糖豆，不同滋味的糖豆混在一起，一同融化在他口腔里，缤纷复杂，一如他而今的心情。而后，他笑着道，"我又岂会不明白，你从来都是最无情的那个。"

陆九卿面上的表情从头至尾都不曾发生变化："阿景，你错了，自从知道你替南诏女皇效命的那一刻起，你我之间便再无任何情谊。"

"也对。"阿景勉力一笑，"即便咱们身上流着同样的血，终究也是不同人家的看门狗，道不同不相为谋，情谊这种东西又怎敢奢求。"

……

陆九卿第一次见到阿景是在他十岁那年，那时的他尚未改名换姓，犹自姓暮，乃是当朝太傅之子。彼时的楚地明月山上也有个不得了的名士，帝都权贵们挤破了脑袋都想将自己的儿子送给那名士做弟子。身为当朝太傅的陆九卿他爹亦如此，于是乎，年仅十岁的陆九卿就这般被他爹连夜打包，送去名士府上做弟子。

听闻那一年该名士统共收了五十名弟子，其中每两名弟子同住一间房。然而陆九卿却是一连五六日都未见着与自个同住的室友，一时间还叫他误会了自家老爹，以为他爹花钱买通了该名士，故而给他特例，让他一人独享一间房。

直至那个月黑风高的夜，陆九卿坐在杏花树下纳凉时不慎被一个从天而降的少年给砸中，方才绝了他这荒谬至极的念头。

他之所以会被少年砸中，不过是因为他在墙角下纳凉，而那少年恰恰好又在翻墙，然后他俩又好死不死地选中了同一堵墙……只能说，缘分妙不可言啊。

然而，他们之间的缘分又岂仅限于此，当两个少年皆满脸蒙逼地抬起头时，仿佛整个世界都静了下来，只余一树繁花在头顶摇曳，长风卷着落花簌簌飘零，花与花的间隙里，陆九卿听到了他的声音，他道："你是陆九卿。"

平稳的语气、似笑非笑的表情，以及那张与他有着七分相似的脸，一切的一切，犹如被一把业火烧得通红，再深深烙印在陆九卿脑子里。

他不知究竟花费了多大的力气才将自己心神抽出，转而对那少年道："你是谁？"

话音才落，便听那少年轻轻笑出了声，那少年天生一副风流骨，明明还只是个十岁大的少年郎，眼角眉梢却有股子挥之不去的倜傥，一颦一笑皆风情，倘若是个女儿身，长大后只怕会是个引起天下动荡的祸水红颜。

"我是谁？嗬，当然是你失散多年的兄弟了。"

随着少年话音的落下，好不容易才抽回心神的陆九卿又一次呆若木鸡地愣在了原地。

也不知究竟是陆九卿呆滞的表情太好玩，还是少年过于兴奋，总之在陆九卿看来，那少年莫名其妙地笑了起来，还不是一般的笑，是仰天狂笑，状若癫狂的那种。

再往后陆九卿已记不清自己究竟是如何摆脱那少年的，只记得当日晚上，许久不见的父亲突然出现，而那少年则真成了他失散多年的兄弟，名唤阿景。

直至如今，他都不知阿景当年所说之话究竟是故意而为之还是无心之言，只知，自那以后他便多了个同父异母的胞弟。

陆九卿温暾，阿景闹腾，二人一动一静，倒是相处和睦。即便时隔多年再去回想，陆九卿方才恍然发觉，那些年里他竟几乎未与阿景闹过脸红，即便偶有争执，也是因为阿景日夜不停歇吃糖的事。

然后，陆九卿想的是，他与阿景究竟因何闹成了如今的模样。

谁都不曾预料，本如日中天的暮家竟在一夜间倾倒，还无端遭受灭顶之灾，整个暮府被一把火烧了个干净，全家上下四百口人统统化成了灰烬，唯有在楚地求学的陆九卿与阿景逃过了一劫。

听闻此噩耗的陆九卿连夜赶回帝都，想要彻查真相，一走便是六年，此后再无音讯。而阿景则一直留在明月山等待，最终继承那名士衣钵，成了大周有史以来最年少的名士，从此名噪大周。

再两年后，也正是阿荛五岁那年，芸娘香消玉殒，楚地开始频发吸血案，消失几年的陆九卿以游商之名在楚地扎根，开了间名唤有凤来仪的客栈。

阿景与陆九卿再度相遇，是在有凤来仪开业后的第三个月，彼时的阿景尚不知大名鼎鼎的有凤来仪客栈掌柜正是陆九卿，二人之所以能再遇，不过是一碗红烧肉引发的纠纷。

楚地人嗜辣，即便是红烧肉都喜欢往死里加辣，不似别的地方，以糖和黄酒烹饪而成，故而有凤来仪的红烧肉乃是遵循楚地人的口味所烹。偏生那日又混进了个嗜甜如命的阿景，成了名士的他这些年来越发任性，不过一碗没加糖的红烧肉罢了，非要闹着见有凤来仪的陆掌柜。

这一见面，倒是两个人都蒙住了，还是阿景率先反应过来，一拍陆九卿的肩，颤声道了句："你没死？"

时隔那么多年，发生在陆九卿身上的事又岂是一两句话说得完的，更何况，那些事又岂能尽数说给阿景听。

酝酿许久，他也只告诉了阿景，暮府之事并非偶然，至于那幕后的真凶，陆九卿并未透露。

八年前苦苦追寻真相的陆九卿被迫加入圣上一手创建的暗部，整整八年都在替圣上办事，却也凭借这八年的时间抽丝剥茧，一点一点让真相浮出水面。

令他怎么也想不到的是，暮家人乃是圣上派暗部剿杀，缘由是以权谋私勾结外党。

那一刻，陆九卿仿佛觉得天都要塌下来，他以为他爹乃是一代忠良，到头来竟是个勾结外党的大奸臣，甚至与南诏女皇有染，生下了阿景。

陆九卿此番回楚地一是为了替圣上彻查吸血案，二则是为了暗中观察阿景。阿景是暮家人的身份并未公开，而今知道这件事的人仅有一个陆九卿，他不知阿景被接来大周究竟是南诏女皇刻意而为之还是无意之举，总之，不论如何，都不可掉以轻心。

于是他不断地在阿景身边插入眼线，先是那个矮墩墩的胖童子，再是那个名唤阿茕的孩子……

是狐狸就总会露出尾巴，阿景隐藏得再好，到头来还是被陆九卿发现了端倪。

那是在阿茕与白为霜发现了明月山上尸坑的那年，陆九卿将昏迷不醒的阿茕带回了杏花天。

屋外狂风急啸，屋内阿景含笑烹茶，他道："我就知道，总有一天会被你发现，可即便如此，我也不忍动手杀了你。"

陆九卿又何尝不是，即便已知晓阿景的全部罪行，也无法对自己存留在世的最后一个亲人动手，于是他掀唇一笑，目光落在依旧陷入昏迷的阿茕身上。

"既然如此，不若咱们来赌一局，就赌这个孩子，将来会把你推入地狱。"

阿景眼睫微微一颤："好呀。"

论 CP 是怎样炼成的？

九歌

写到这里，阿茕与白为霜的故事就此告一段落，希望大家能喜欢这对 CP。

然后，咱们的重点来了！

下一个故事！

下一个故事它还是古风！

相较于《与君共乘风》它又多了些玄幻元素。

一言以蔽之，就是个神神道道的间歇抽风症少女和一堆妖魔鬼怪间不得不说的故事。

女主的名字十分简单粗暴有内涵，她叫当归，看似随意，还是比陈二狗、张铁蛋之流段位高上不少，首先它是一味号称"妇女之友"的中药，然后，这个名字其实出自一首唐诗，"胡麻好种无人种，正是归时又不归。"

这首诗的字面意思可能看得人有点蒙，实际上里面藏了个十分浪漫缠绵的传奇故事，之所以在这里提出来，只是为了给大家证明这个名字是真的有内涵！所以咱就不再继续科普，感兴趣的小可爱可以手动百度下哒。

这个故事的大致背景是在一个唐朝与魏晋杂糅的架空时代，讲述了无名少女被某不明生物美人掳走，被强行收做弟子且赐名当归的神奇故事。

这个故事究竟神奇到什么地步呢，首先女主她师父不是人，然后……女主她也不一定是人，再然后……还有一堆非人哉的古怪生物，以及明明是人也依旧很古怪的角色。

这篇文的CP选项十分之多，下面就由九妹一一列举出来供君挑选搭配。

CP1：放荡不羁爱种花，不论是具尸体、还是根头发，都能被其种成一盆花的妖艳贱货师父。

CP2：我是霸道龙子我怕谁之狂野神兽饕餮。

CP3：深情款款，只用一双淡漠眼眸注视你之冰山剑魂。

CP4：活了很多年都还没成仙，却比神仙更厉害，纯天然无添加之呆萌人王。

九妹不会告诉你，选票最多者将晋升后位这个事实，所以，小可爱们不要再矜持了，快把你们最喜欢的那位扶上后位吧！